LIBRO IN ITALIANO COMPRENDENTE STORIE DI FANTASIA E DI FAVOLE PER BAMBINI

Sottoforma Di Novelle

This Book Is A Collection Of Fictional Stories That One Can Read To His Children.

Fairy Tales And Poems For Kids

Una donnina.

L'Eduvige era una bambina proprio sgomenta. Volere un gran bene alla mamma e vedersela là, in un fondo di letto, con una tossaccia ostinata che non le dava pace nè giorno nè notte, era una gran passione. Almeno avesse potuto prestarsi in qualche cosa e aiutare il babbo, pazienza! Ma di che cosa può esser ella capace una bambinuccia di otto o nov'anni?

C'erano tanti bisogni in quella casa! Il babbo andava all'uffizio la mattina alle dieci e tornava alle cinque. È vero che prima d'andar via, metteva la carne al fuoco, dava una ripulitina alla casa e custodiva la malata: ma la sera avrebbe avuto bisogno di trovar tutto all'ordine. E invece doveva rifarsi da una parte: riattizzare il fuoco, far bollire il brodo, buttar la minestra e disimpegnare insomma tutte quelle minute faccenduole, alle quali non si suol dare una grande importanza, ma che nonostante portano via il loro tempo! L'Eduvige s'ingegnava, poverina. Quando andava in camera della mamma, le ravviava la rimboccatura del lenzuolo, le dava la cucchiaiata o accomodava le boccette delle medicine sul comodino. Ma ci voleva altro! Bisognava prendere una ragazzetta a servizio: non c'era rimedio. E questa nuova spesa dava una grande inquietudine al babbo, i cui guadagni erano appena sufficienti a mantener la moglie e la figliuola!

Una sera dopo desinare, il signor Ernesto, così chiamavasi il padre dell'Eduvige, aveva avuto bisogno di uscire e di trattenersi un'oretta fuori. La malata era assopita e la nostra bambina non sapeva come passare il tempo. I balocchi e le bambole le erano venuti a noia, specie dacchè la mamma s'era messa a letto: lavori preparati non ce ne aveva e il *Libro della Bambina* era rimasto chiuso nello studio del babbo.

Ciondola di qua, ciondola di là, le venne fatto di entrare in cucina: Dio, che disordine! Non pareva più la cucina di prima, quando la mamma rigovernava subito dopo desinare, spazzava, spolverava e socchiudeva le imposte, affinchè non entrasse il sole.

Sul cammino c'era un po' di tutto: tegami, scodelle, bocce, minuzzoli di pane, la scatola della cera da scarpe e perfino un tovagliuolo tutto infrittellato d'unto e di caffè; il tavolino, le seggiole erano coperti di filiggine; e nella mezzina mandavano gli ultimi tratti due mosche.

L'Eduvige pensò subito alla mamma e prese una gran risoluzione; se si provasse un po' lei a riordinare quell'arruffìo e a far risparmiare al babbo la spesa della serva?

Forse ci riuscirebbe, forse no: ma in ogni modo, a provare non ci si rimette nulla, anzi ci si guadagna sempre qualche cosa, se non altro la pratica.

L'Eduvige cominciò dal riempir d'acqua il calderotto e dal metterlo sul fornello, dove c'era sempre il fuoco acceso: poi riunì i piatti grandi, quelli più piccoli e le marmitte, facendone, ben inteso, tre gruppi distinti; sbrattò il cammino, scosse le seggiole, spolverò la rastrelliera, e mentre l'acqua finiva di scaldarsi, risciacquò i bicchieri, le chicchere e gli dispose, rovesciati, sopra un vassoio di bandone, che la mamma teneva, per quell'uso, sul piano della madia. Poi, a un pezzo per volta, renò le posate, le asciugò e le ripose.

Quando l'acqua fu a bollore, la versò adagio adagio nel catino, e cominciò dal rigovernare i piatti meno unti, per arrivar quindi ai tegami e alle marmitte.

Eduvige

E quando tutto fu pulito, risciacquato e lustro, l'Eduvige mise altri due tizzi di carbone nel fornello, coprì il fuoco con una palettata di cenere, affinchè non si consumasse troppo, e socchiuse la finestra. Poi andò a lavarsi, a mettersi un bel grembiulino bianco e aspettò il babbo con una certa impazienza.

Quando tornò, la mamma si svegliava proprio allora e chiedeva da bere.

Il signor Ernesto corse in cucina per attingere una mezzina d'acqua fresca, e la bambina dietro. Non appena egli vide tutto quell'ordine e quella pulizia, si volse stupito all'Eduvige e domandò:

—Chi c'è stato?

—Nessuno! rispose la bambina sorridendo.

—O chi ha fatto le faccende?

L'Eduvige saltò al collo del babbo e gli disse in un orecchio:

—*Sono stata io!*

Figuratevi la contentezza di quel pover'uomo! si tenne abbracciata stretta la sua bambina e andò, lieto di quel caro peso, in camera della moglie, alla quale raccontò tutto.

La mamma, commossa, fece seder sul letto l'Eduvige e la ricolmò di carezze.

La nostra amica aveva provato dei bei momenti in vita sua, specie quando gli zii di Roma le mandavano a regalare un bel libro, un vestito nuovo o una scatola di chicche. Ma un momento compagno a quello non lo aveva provato mai; mai, neppure quando per la distribuzione dei premi il sindaco le dette, proprio con le sue mani, una bella medaglia d'argento.

C'è una gran soddisfazione a studiare e a meritarsi il premio: ma quella di rendersi utile alla mamma malata è più grande di tutte!

Il bove.

Attilio sta per finire sei anni, e a vederlo tutto assennato e composto, gli se ne darebbe anche dieci. Ha quasi l'aria di un omino. La sua passione, quando ha finito di far le cose di scuola, è di guardare i libri colle figure. A volte la mamma gli presta un librone grosso grosso, dove ci sono disegnate tutte le bestie, tutte le piante e tutte le pietre che si trovano sulla terra. Il babbo dice che quel librone è intitolato «Storia Naturale», ma il bambino non si confonde coi titoli, e passa delle ore a guardare ora un bell'uccello dalla coda lunga lunga, ora qualche albero dalle foglie gigantesche, ora certe pietre dalle forme curiose, che sporgono dall'interno d'una grotta o rotolano dal vertice d'un monte scosceso.

Un giorno però, il nostro Attilio tornò a casa piangendo e singhiozzando: un bambino cattivo, uno di quei bambini maleducati che vanno alle scuole senza ricavarne profitto, gli aveva dato del *bue*. Quella parola di bue proferita ad alta voce, con modo schernevole, aveva fatto un grande effetto sull'animo di Attilio: gli pareva di non potere esser trattato di peggio, anche se fosse campato cent'anni.

—Bue! bue! Ma io non ci vedo poi un gran male in questa parola, disse il babbo ridendo. È il nome d'una bestia rispettabile e utilissima, della quale non so come potremmo fare a meno.

Attilio spalancava i suoi begli occhi turchini e guardava il babbo con quell'aria che equivale ad una interrogazione.

—Sicuro, riprese quest'ultimo. E steso il braccio sul tavolino dello studio prese il «Giornale dei bambini» dove appunto c'era disegnato un bel bue.—Guarda da te, disse al bambino.

Il bove

Attilio si pose ad esaminare l'animale.

—Ha quattro gambe, disse subito.

—E poi?

—E poi due corna sulla testa!

—E poi?

—E poi la coda!

—E poi?

—E poi un musone lungo lungo!

—E poi?

—Un orecchio e un occhio.

—Ne ha due, come li abbiamo tu e io: ma siccome l'altro occhio e l'altro orecchio rimangono dalla parte di là, noi non possiamo vederli. Guarda me, disse il babbo, mettendosi di profilo.

—È vero, disse Attilio. E dopo un breve silenzio, riprese: Hai detto che il bue è un animale utilissimo. Perchè? A che cosa serve?

—Dimmi un po', nino mio: t'è mai avvenuto quando sei andato in campagna, d'imbatterti in un paio di bovi, attaccati a un carro, con una specie di grosso bastone messo a traverso sul collo?

—Li ho veduti tante volte, e so che quella specie di bastone si chiama *giogo*.

—Ebbene, quei bovi andavano o tornavano dal campo. Il bue è il principale aiuto del contadino, perchè col mezzo suo lavora la terra, trasporta sul carro i concimi, le mèssi, i pietrami, il fieno e tante altre cose. Il bue è robustissimo e può sopportare, senza soffrire, i lavori più faticosi.

—O quest'altro animale, che è quasi eguale al bove, come si chiama?

—Si chiama *vacca* ed è la sua femmina. Vedi, mentre il bove ha ordinariamente il pelo lucido e bianco, le vacche invece possono esser rosse, nere, brune, bianche, e anche di tutti questi colori riuniti.

—Cosa mangiano i bovi e le vacche?

—Mangiano l'erba, il fieno, e anche la paglia. Poi, quando hanno mangiato, *ruminano*.

—Non intendo, disse Attilio. Cosa vuol dire *ruminare*?

—Così mi piaci, rispose il babbo, facendo una carezza al suo figliuoletto. Io piglierei che tutti i bambini, quando leggono o odono una parola difficile, della quale non riescono a spiegarsi il significato, si facessero a chiederne subito la spiegazione. Così si eviterebbe di accumolar confusione su confusione e ignoranza sopra ignoranza. Ma tornando alla parola *ruminare*, ti dirò che significa il far ritornare alla bocca il cibo mandato nello stomaco per finirlo di masticare.

—Curiosa! disse il bambino stupefatto. Dimmi, babbo, *ruminiamo* forse anche noi?

—No, caro. I soli esseri che ruminano sono gli animali che hanno, come questa vacca e questo bove, il piede fesso, e una sola fila di denti. Di loro si dice che appartengono ai *ruminanti*. Torniamo ora, se ti piace, all'utilità che ci danno questi due animali.

La vacca partorisce i *vitelli*, i quali ci servono per cibo o vengono allevati dagli agricoltori, affinchè diventino, col tempo, manzi, tori e bovi.

—È vero che il latte ce lo dà la vacca?

—È vero; ed è un latte nutriente, leggiero, saporito. Ma il latte ce lo danno anche le femmine di altri animali, come la capra, l'asina e la pecora. Col fior di latte sbattuto con certa maestria, in capaci vasi di legno detti *zangole*, si fa il *burro*, che mangiamo tante volte disteso sul pane, ed è un condimento così squisito e delicato.

Ma l'utilità di queste povere e buone bestie non cessa alla loro morte: la carne del bove è uno dei nostri quotidiani e più sostanziosi nutrimenti: della sua pelle conciata si fa il *cuoio*, quel cuoio che i calzolai adoprano per fare scarpe e stivali. La pelle dei vitelli serve anch'essa a far tomai, mantici, cinghie e finimenti da cavalli. Gli ossi e le corna dei bovi sono lavorate dal tornitore, dal fabbricante di pettini: e colle cartilagini, i tendini e le raschiature delle loro pelli, si fa la colla dei legnaiuoli.

Perfino il pelo della loro bocca è utile: esso serve a imbottire i cuscini da selle e i basti.

—Dunque l'esser chiamato bue non è un'impertinenza! sento che è una bestia tanto per bene! Io non potrei, neanche a campar cent'anni, fare una sola delle tante cose di cui è capace un bove. Io non ho la sua forza, nè....

—Figliuolo mio, il confronto non regge. L'uomo non può nè dev'esser paragonato alla bestia. Egli ha l'*intelligenza,* la *ragione* e quindi la *scelta tra ciò che è bene e ciò che è male.* L'uomo non potrebbe, è vero, sobbarcarsi alle fatiche del bove; ma colla forza della sua volontà e del suo genio, rende fertili le terre meno ospitali, traversa l'oceano sopra fragili barche, abbatte e fora i monti, conta le stelle del firmamento e inventa macchine portentose.

Quel bambino ha dunque avuto torto dandoti del bue, prima perchè aveva l'intenzione di darti un dispiacere, poi perchè non c'è nessun termine di confronto fra una povera bestia, i cui occhi sono sempre condannati a guardar la terra, e l'uomo che può e deve sollevarli al cielo, e dal cielo a Dio. Ma tu devi scusare quel bambino e provargli, perdonandogli, che non sei un *bue.*

Perchè Attilio aveva il broncio?

Com'è fatto il bove?

A che serve il bove?

Che cos'è il giogo?

Come si chiama la femmina del bove?

Di che cosa si nutrono i bovi e le vacche?

Che cosa vuol dir *ruminare?*

Come si chiamano i figliuoli della vacca, finchè sono piccoli?

Chi ci procura il latte? Come si fa il burro?

Quali vantaggi riceviamo dai bovi e dalle vacche?

Un regalo.

—Fra otto giorni è la festa di Manfredo, diceva l'Ida alla sua mamma. Non so proprio che cosa dargli: vedi, mamma, tu dovresti comprarmi qualche bel gingillino di suo gusto: così mi farei onore e lo contenterei.

—In questo caso, figliuola mia, il regalo lo farei io e non tu.

—È vero anche cotesto. Ma se non ho nulla che possa piacergli!

—Vediamo un po': hai una bella pianta di viole...

—Il violo! Ti pare? Di dove prenderei i fiori per farti i mazzolini? Quello non lo posso dar via. Ma se non ho nulla che possa piacergli!

—Hai il passerotto!

—Oh mamma! Il passerotto? Un passerotto ammaestrato tanto bene, che mi vien dietro da per tutto!

—E le tortorine?

—Anche quelle, lo sai bene, le ho, si può dire rilevate da me, fino da quando uscirono dall'uovo. Le chiamo le mie figliuole.

—Dunque non hai proprio nulla da dare al povero Manfredo!

—Per quello sì! Ci avrei....

—Che cosa?

—Te ne rammenti di quella bella borsa di seta rossa traforata che mi regalò la zia, anno, per ceppo? È una gran bella borsa!

—È vero. Ma cosa vuoi che ne faccia il tuo fratellino? Egli non ha denari, nè potrebbe quindi adoprarla. Anche tu, appena la ricevesti, corresti subito a buttarla nel fondo del cassettone.

—Scusa, mamma, ma la borsa sarebbe un bel regalino!

—No, figliuola: un regalo, a voler che sia bello deve piacere a noi: e far piacere a chi lo riceve.

—Dunque, a detta tua, io dovrei regalare a Manfredo tutte le cose che mi sono care!

—Tutte, no. Una sola basterebbe!

L'Ida riflettè un momento e disse:

—Quand'è così coglierò, per la festa di Manfredo, i più bei fiorellini della mia pianta, e gli regalerò il passerotto.

—Brava bambina! Lo dicevo tra me che la mia Ida ha buon cuore!

—Aspetta: cominciando da oggi, voglio che il passerotto si avvezzi a volar sulla spalla di Manfredo: così gli si affezionerà, e quando glie lo regalerò, lo gradirà di più.

—Dammi un bacio, figliuolina mia amorosa. Quest'attenzione gentile raddoppia il valore del tuo regalo. Vedi, cara: è il cuore quello che rende prezioso il dono più umile. Ti assicuro che non potresti fare un regalo più bello a Manfredo ed a me.

—Anch'io sono contenta, disse la bambina.

—E lo sarai ancor più il giorno della festa, riprese la signora Maria: ho intenzione di dare una merendina a Manfredo e d'invitare tutti i suoi amici. Tu, s'intende, ne farai gli onori, e ti comporterai da quella donnina giudiziosa e assennata che sei sempre stata. L'hai caro?

L'Ida dette un bacio alla mamma e corse in camera sua a dare un seme al passerotto. Curiosa! Non le era mai parso tanto bellino!

I sassi.

Si baloccavano tutti e due: Carlo raccattava i sassolini e Dario li distribuiva in piccoli quadrati, in archi, in tondi, in angoli. La mamma, seduta sulla panchina accanto, lavorava, e di quando in quando dava un'occhiata ai suoi figliuoletti.

Tra quei sassolini ce n'erano dei graziosi, tanto per forma come per colore; alcuni erano piccini, rotondi, lisci, e neri: altri, più grossetti, apparivano screziati di rosso, di verde e di giallo.

Carlo domandò a Dario:

—Lo sai, tu, di dove si levano questi sassolini?

—No, ma saranno venuti da sè.

—Dinne delle grosse! Venuti da sè! Come devono fare a venire da sè? Li hai presi per piante? Già neppure le piante vengono da sè: bisogna seminarle e....

—Seminarle! Sta a vedere che tutta l'erbaccia inutile che cresce tra i crepacci delle vecchie mura e ne' giardini abbandonati, è stata seminata!

—Dalla mano dell'uomo, no certo: ma il vento o qualche uccellino avrà trasportato i semi di quell'erba nei luoghi che hai accennato.

—Lo stesso sarà avvenuto dei sassolini....

—Si cheti, ignorantello! I sassi, per sua regola non possono nascere nè crescere, nè....

L'epiteto inaspettato e soprattutto quel *lei* autorevole, sostituito di punto in bianco al *tu*, colpirono il povero Dario, il quale guardò dapprima suo fratello con aria indecisa, poi la mamma, poi un cane che abbaiava: e non sapendo far di meglio, proruppe in un dirotto pianto e strillò:

—Ih! Ih! Io non voglio esser chiamato ignorantello da te! Ih! Ih!

La mamma giudicò prudente d'intervenire.

Carlo le corse incontro per giustificarsi, ma la mamma non glie ne dette il tempo.

—Dario ha ragione, diss'ella con severità. Un bambino buono e ben educato non deve offender mai nessuno: figuriamoci poi il fratellino minore!

—Scusa, mamma! Ma il supporre che i sassi nascano in un giardino come le piante e i fiori è un po' grossa!

—Certo è grossa. Ma perchè, invece di domandarlo a Dario, non ci spiega ella di dove si levino i sassolini con i quali s'è baloccato finora?

Carlo abbassò il capo e si mise a guardare lo spunterbo dei suoi stivaletti.

—Bravo, esclamò la mamma, bravo davvero! Stia dunque attento alle mie parole; e tu, povero piccino, smetti di piangere. L'ignoranza non è una colpa: ma l'esser presentuosi e sgarbati, sì.

Carlo si buttò al collo della mamma e nascose il suo visino lacrimoso nel seno di lei. Era pentito.

—I sassolini, seguitò la buona signora tutta contenta, si levano dal letto dei fiumi....

—O che i fiumi hanno il letto? osservò Dario.

—Si chiama *letto* quello spazio di terreno, limitato dalle sponde, dove scorrono i fiumi.

—Ora ho capito. Ma chi ce li porta, i sassolini, nel letto dei fiumi?

I fiumi scaturiscono dai monti

—Un momento. I fiumi scaturiscono dai monti scorrono più o meno rapidamente al piano, dove sono le città, le borgate e i villaggi, che essi traversano per quindi scaricarsi in mare.

Il nostro Arno, per esempio, nasce dalla Falterona, il Po dal Monviso, e così via via.

Ora quelle acque, nel loro corso violento, corrodono il terreno, e a un po' per volta, portano via dalle montagne pietre più o meno grosse, alcune delle quali, rotolando sempre e perciò consumandosi, diventano *ghiaia*, ossia quei minuti sassolini di cui i giardinieri ricoprono lo sterrato dei viali e dei parchi.

—Ora ho capito benissimo, disse Dario.

—Del resto, riprese la mamma, Carlo aveva ragione quando affermava che i sassi non possono, come le piante e gli animali, crescere e riprodursi. Le pietre, figliuoli miei, come anche l'oro, l'argento, il ferro e il rame, non si muovono, non respirano, non crescono, non muoiono. E tutti quei corpi che non hanno vita, che non si muovono, non sentono, non si riproducono, si chiamano *minerali*.

—Mamma, domandò Carlo, le pietre con le quali i muratori fanno le case, si levano anch'esse dalle montagne?

—Sì, figliuolo.

—O il marmo si leva dalle montagne?

—Anche il marmo si cava dai monti; ma non da tutti i monti; per esempio qui da noi in Toscana, sono i monti di Carrara, dai quali si cava un marmo bellissimo. Il marmo è liscio e bianco, e gli scultori e gli architetti se ne servono per fare statue, bassirilievi, imbasamenti, facciate di chiese, di palazzi, ecc.: col marmo si fanno i frontoni dei camminetti, gl'impiantiti, i piani dei cassettoni, quelli dei tavolini nelle botteghe, e mille altre cose.

Fra le pietre più stimate sono da annoverarsi il porfido, il granito, il marmo nero di Como, la pietra arenaria, i cristalli di rocca, con i quali si fanno lenti di canocchiali e si imitano le pietre preziose, delle quali vi parlerò uno di questi giorni.—

E la mamma pose fine, alzandosi, alla sua lezioncina.

Il sole stava per tramontare e diffondeva pel cielo e su' monti lontani uno splendore di fiamma: nella vasca guizzavano, rincorrendosi, i pesciolini, e tra le siepi era un confuso bisbiglio d'insetti e di uccelli.

Carlo prese per la mano il suo fratellino e s'avviò avanti, lieto e composto.

La mamma li seguiva, lenta. Ella non sapeva dov'era maggior pace: se nel suo cuore, o nella serenità malinconica di quel crepuscolo estivo.

Di dove si levano i sassolini?

Che cosa intendete per *letto* di un fiume?

Di dove nascono i fiumi?

Da quali monti nascono il Po e l'Arno?

Che cos'è la ghiaia?

In che differiscono le pietre dagli animali e dalle piante?

Che cosa sono i *minerali*?

Che cosa si fa col marmo?

Ditemi il nome di qualche pietra.

Il fratellino dell'Enrichetta.

L'Enrichetta si era levata quella mattina sul far del giorno, per andare a cogliere qualche viola nel giardino, e farne un mazzolino alla mamma. Mentre stava per scender la scala, il babbo la fermò sorridendo, la prese in collo e le disse:

—Buon giorno, Enrichettina, spicciati a venir con me dalla mamma, ti vogliamo far vedere una cosa che ti riempirà di contentezza.

—Che cosa c'è, babbo? chiese la piccina.

—C'è che il Signore ti ha fatto un regalo, un un bel regalo: nientemeno che un fratellino.

—Un fratellino? E dov'è? Su, su, portami a vederlo, te ne prego.

Il babbo aprì l'uscio della camera dove dormiva la mamma. A capo del letto c'era una donna di fuori che rifasciava un bambino.

Allora sì che piovvero le domande! Il babbo s'ingegnava di rispondervi alla meglio, e quando credè di avere appagato la curiosità dell'Enrichetta, questa gli domandò di punto in bianco:

—Babbo, chi è quella donna? Perchè abballotta così il mio fratellino? Non c'è pericolo che gli faccia male?

—Non ci pensar neppure. È una buona donna che ho mandato a chiamare, affinchè prenda cura del bambino, gli dia il giulebbe e lo rifasci.

—Ma il bambino è della mamma. Lo ha visto?

—Sì, che l'ho veduto, disse la signora scansando il parato del letto per veder meglio l'Enrichetta. E tu sei contenta d'averlo?

—Se sono contenta? figuratelo! non sarò più sola a fare i balocchi. Ma che viso curioso! Babbo, ti contenti che lo faccia correre con me? Lo terrò per la mano.

—È impossibile; il poverino non si reggerebbe in gambe. Non vedi come le ha deboli?

—Oh Dio! Che bei piedini! paiono di ovatta! Lo vedo da me, che prima di correre ci vorrà del tempo.

—Pazienza! Bisognerà prima che egli impari a camminare: e dopo, sgambetterete insieme nel giardino.

—Davvero? Povero piccino! Voglio che stia sempre con me. Intanto, perchè tu possa avvezzarti a volermi bene, eccoti una figurina, prendila. Babbo, perchè non la vuole e tiene le manine serrate?

—Perchè non sa che cosa farsene. Bisogna aspettare qualche mese.

—Quand'è così! Caro omino mio! Io ti regalerò i miei balocchi. L'hai caro? Rispondi. Ti pare, babbo, che sia lì lì per ridere? Su, da bravo, chiamami Enrichetta, Enrichetta! O che non puoi parlare?

—Parlerà fra due anni. Ma tu procura di non stordir la mamma col tuo cicaleggio.

—Guarda, guarda, babbo! Ha il visino tutto contratto, piange: forse avrà fame. Aspetta, caro; corro in dispensa a farmi dare una chicca.

—Il bambino non potrebbe mangiarla, disse il babbo; guarda la sua bocca: non ha nemmeno un dente. Come vuoi che faccia a masticare?

—Dunque non può mangiare! O di che cosa camperà? Se dovesse morir di fame!

—No, figliuola: il buon Dio ha già provvisto ai suoi bisogni, disse la mamma, guardando con amore la sua creaturina. Il mio seno è pieno di latte, destinato a sostentare il tuo fratellino. Egli è deboluccio, come vedi: ma fra qualche mese, sgambetterà in terra come un agnellino.

—Mi par mill'anni di vederlo! Guarda, babbo, la bella testina tonda! Non m'arrischio a toccarla.

—La puoi toccare, ma leggermente.

—Oh sì, adagino. Dio com'è morbida! Par di toccare del cotone in fiocco.

—E così sono le testine di tutti i bimbi nati d'allora.

—Se il poverino cadesse se la farebbe in mille pezzi.

—Certo. Ma noi lo vigileremo sempre, affinchè non gli avvengano disgrazie.

—Sai, Enrichetta, disse a un tratto la mamma, che cinque anni sono eri piccina come lui?

—Io? Davvero, mamma? Non ci credo!

—Eppure, è verissimo.

—Ma se non me ne ricordo!

—Ne sono persuasa. Vediamo un po': Com'era, cinque anni sono, il parato di questa camera?

—È sempre stato così.

—Niente affatto. Io lo feci mutare quand'eri piccina, com'è ora il tuo fratellino.

—Curiosa! Non me ne avvidi neppure.

—I bambini così piccini non si avvedono mai di quanto avviene intorno a loro, e se fra cinque o sei anni chiederai al tuo fratellino qualche schiarimento sulla giornata d'oggi, vedrai che non si ricorderà di nulla.

—Anch'io, dunque, ho avuto il latte della mamma?

—Senza dubbio, rispose il babbo. Se tu sapessi quanto la poveretta si è affaticata per te! Eri tanto debolina, che non potevi inghiottir nulla e noi temevamo sempre di vederti morire da un momento all'altro. La tua mamma diceva: Oh se la mia povera bambina dovesse patire! E s'ingegnava di farti ingoiare qualche gocciola di latte. Spesso, quando dopo una lunga giornata di strapazzi, si addormentava, tu la svegliavi coi tuoi strilli: e lei, sempre paziente e amorosa, correva alla tua culla per racchetarti.

—Anch'io, da piccina, avrò adunque avuto la testa debole e molliccia come quella del mio fratellino?

—Come quella, figliuola mia.

—E com'è dura, ora! Chi sa quante volte avrò corso il pericolo di farmela in pezzi!

—Eppure non ti è mai avvenuta una disgrazia!

Noi non ti lasciavamo un momento. La mamma rinunziò per te a ogni divertimento, a ogni spasso: trascurò tutte le sue conoscenze e si dette esclusivamente a te: quando, a volte, era costretta a uscir di casa per far delle compre, stava sempre in pensiero e non vedeva l'ora d'esser tornata. «Gigia, diceva alla donna di servizio, ti raccomando l'Enrichettina, fa' conto che sia tua,» e le faceva sempre delle attenzioni e dei regali, perchè ti tenesse bene.

—Povera mamma! Ma dimmi un po': c'è stato proprio un tempo durante il quale non sapevo correre? E ora corro, tanto! In tre volte ho fatto il giro della camera. Chi m'ha insegnato?

—La mamma e io, rispose il babbo. Ti avevamo messo intorno al capino un cercine di velluto ben imbottito, affinchè, se cadevi, tu non ti fossi fatta male: poi ti tenevamo nel cestino o ti sorreggevamo sotto le ascelle, per guidare i tuoi primi passi: ti portavamo tutti i giorni nel giardino, sul praticello dirimpetto alla casa, e là ci mettevamo di faccia l'uno all'altro e stendevamo le braccia a te, che lasciavamo sola, nel mezzo: se facevi tanto d'inciampare in un sasso, ci sentivamo rimescolare il sangue: quando poi giungevi sana e salva nelle nostre braccia, allora erano risate, battimani, tripudi.

—Cari! Io non mi sarei mai immaginata d'avervi dato tanto da fare. E chi m'ha insegnato a parlare?

—Noi, sempre noi, rispose la mamma. Ti pigliavo sulle ginocchia e ti facevo ripetere i nomi del *babbo*, *mamma*, finchè non eri in grado di dirli bene da te. E da quelle parole facili, siamo andati via via alle più difficili. Poi ti abbiamo insegnato a leggere.

—Di questo me ne ricordo benone. La mamma diceva una parola: per esempio, *ago*. Mi faceva distinguere il suono delle vocali, eppoi me le scriveva, sulle tavolette o me le faceva cercare nel libro. E quando le avevo trovate, mi regalava un santino, un grappolo d'uva o un balocco.

—Ma se non avessimo avuto tanta cura della tua personcina: se, in una parola, ti avessimo abbandonata a te stessa, che sarebbe avvenuto di te?

—Sarei morta o malata, o stupida. Oh che buoni genitori m'ha dato il Signore!

—Eppure, a questi buoni genitori che t'amano tanto, tu dai qualche volta dei dispiaceri: sei bizzosa, svogliata, disobbediente.

—Babbo, ti prometto che da qui avanti non avrai più motivo di lamentarti di me: sarò buona e rispettosa: vedrai!

Questa conversazione fece un grande effetto sull'animo dell'Enrichetta: e quando vedeva la mamma tutta propensa pel suo fratellino, ed era testimone delle sue trepidazioni, della sua pazienza, della sua bontà, diceva a sè stessa: «La poveretta si è data lo stesso daffare anche per me.» Questo pensiero le ispirava molta tenerezza per i genitori, e la confermava sempre maggiormente nei suoi buoni propositi.

Lascialo ridere!

La signora Giulia si voltò indietro più volte: e quando giunse alla cantonata, fece colla mano un ultimo segno d'addio e sparì.

Alessio e Pietrino si ritirarono dalla finestra proprio di malincuore; pareva a loro, finchè fossero rimasti lì, di non esser poi tanto lontani dalla mamma e di doverla rivedere da un momento all'altro. Ma bisognava esser ragionevoli, lo avevano promesso e per un bambino a modo le promesse sono sacre.

La mamma aveva assegnato loro per lezione un capioletto della storia sacra e due pagine di calligrafia: dopo, potevano ruzzare e baloccarsi finchè fosse loro piaciuto.

Alessio e Pietrino si misero subito all'opera; ma sia che Pietrino avesse più memoria e maggiore scioltezza di mano, sia che non curasse troppo la precisione e studiasse le cose a pappagallo, il fatto sta che in capo a una mezz'ora aveva bell'e finito: e il povero Alessio era ancora alle prime righe del «Sacrificio d'Isacco.»

Ora ditemi un po', bambini miei: che cosa avreste fatto, voi, nel posto di Pietrino? Vi sareste messi quieti, in un canto, a baloccarvi coi soldatini o a guardare le figure della storia sacra, non è vero? Così il vostro fratellino avrebbe avuto agio di finir la lezione senza furia, senza sbagli, eppoi sarebbe venuto con voi nel cortile.

Ma queste non erano le idee del signor Pietrino, il quale, se non poteva dirsi un cattivo ragazzo, era però un vero fuoco lavorato. Cominciò dal ruzzare intorno alla tavola, dal farla tentennare, dal dimenare la seggiola dove sedeva Alessio; il poverino non alzava gli occhi e seguitava a studiare, ma ad un certo tremolìo del labbro superiore, era facile argomentare l'impazienza che gradatamente s'impadroniva di lui.

Accorgendosi che con quei mezzi non veniva a capo di nulla, Pietrino cominciò a cantar forte una canzonetta scolastica, interrompendo e perciò confondendo Alessio che ripeteva, anche lui a voce alta, la sua lezione di storia.

—«Ed il Signore disse ad Abramo....

—«Qual è la patria dell'italiano?

—Pietrino, fammi il piacere, canta adagio, non mi fare sbagliare.

—«Prendi il fanciullo....

—«Sotto il bel cielo napoletano....

—«E sacrificamelo sul monte.... sul monte Moria! Isacco, strada facendo, diceva: Padre, io veggo le legna e il coltello.

—«Nel mar, nell'aere, nei monti un riso...

—Pietrino, mi raccomando! «..... ma la vittima dov'è?

—«No! Non è il gaio giardin toscano,

La grande patria dell'italiano!»

Alessio si sentì salire il sangue alla testa e senza prevedere le terribili conseguenze che potevano derivare dal suo atto, prese un paio di forbici che erano sul tavolino e le scagliò, con forza contro Pietro.

Alessio e Pietrino

Fortuna che l'irrequieto fanciullo ebbe il tempo di far cecca! se no, addio occhi! Ma, nonostante le forbici lo andarono a colpire un po' più giù del fianco, proprio nel posto dove ci curviamo per metterci a sedere; dai pantaloni squarciati cominciò a sgorgare una larga striscia di sangue, e Pietro ebbe appena la forza di tirarsi via le forbici e di applicare un fazzoletto sulla ferita.

Non vi starò a descrivere lo stato di Alessio.

Pentito, inorridito del suo atto colpevole, si precipitò sul fratellino, lo abbracciò, lo baciò, lo bagnò di lacrime, lo scongiurò a perdonargli. Pietrino, dal gran male non poteva parlare, ma si sforzava di sorridere e di rassicurarlo con la mano.

In quel mentre si spalancò l'uscio e comparve il babbo.

—Non è nulla! disse il ferito, ritrovando l'uso della parola. Mi baloccavo con le forbici e ci sono caduto sopra.

—Oh babbo mio, non gli dar retta! Sono io che l'ho ammazzato, balbettò il povero Alessio e cadde in terra svenuto.

Poco dopo tutto era tornato nella medesima calma. Il babbo, dopo una ramanzina coi fiocchi, aveva finito col perdonare, tanto più volentieri in quanto che i due colpevoli avevano promesso di non ricader più in simili eccessi.

Fu deciso però di tener nascosto l'accaduto alla mamma, la quale, pel suo stato sempre un po' malaticcio, non doveva aver rimescolii di nessun genere.

Pietrino durò un gran pezzo a sentir male al fianco, specie quando si metteva a sedere e spesso era lì lì per fare una boccaccia, ma era in lui così potente il timore di affligger la mamma o di mortificare Alessio, che quella boccaccia diventava quasi sempre una risata... insulsa.

La mamma non sapeva il perchè di quel ridere senza ragione e sgridava il piccolo martire. Ma Alessio urlava subito: lascialo ridere, mamma, lascialo ridere!

Per un chicco di grano.

La mamma prese Lello sulle ginocchia e si mise a guardare i campi a traverso i vetri della finestra. Era un tempaccio triste, noioso, buzzone: un vero tempo d'autunno. Sugli alberi non c'era rimasta che qualche foglia ingiallita, che penzolava dal ramo; i lieti canti degli uccellini erano cessati, e già sulle lontane alture di S. Francesco e di Vallombrosa biancheggiava la neve.

La mamma, col viso appoggiato contro i cristalli pensava; il bambino, invece, seguiva collo sguardo un contadino, che seguito da un paio di bovi, andava e veniva per le viottole.

Per qualche tempo stette zitto, pago di osservare: poi, incuriosito, chiese alla mamma:

—Mi sapresti dire che cosa fa quell'uomo?

—Quell'uomo, figliuolo mio, mette a profitto la forza dei suoi bovi, i quali, come vedi, si tirano dietro l'*aratro*, per *arare* la terra e disporla alla sementa del grano. Sai già che l'aratro è lo strumento più importante dell'agricoltura e serve a tracciare nel terreno i solchi profondi che dovranno accogliere il nuovo seme.

 I bovi si tirano dietro l'aratro, per arare la terra e disporla alla sementa del grano.

—Non so capacitarmi, disse Lello, come i chicchi di grano seminati dal contadino, possano diventar pane. Eppure c'è scritto in tutti i libri.

—È certo, rispose la mamma ridendo, che noi non vedremo spuntar dal terreno, dei *semelli* o dei *filoncini* di pan salato. A queste trasformazioni ci pensa il fornaio.

—Oh, il fornaio come fa a ridurre i chicchi in pane?

—Quando li riceve il fornaio, sono già stati ridotti in farina dal mugnaio, che li ha macinati al mulino.

—Ora comincio a intendere. Ma vorrei che tu mi spiegassi come ha fatto il contadino a raccoglierli.

—Te lo dico in poche parole. Il contadino semina i chicchi e li *rincalza* colla vanga, affinchè stieno al coperto e possano germogliare. Infatti, dopo un mese della sementa, si vedono spuntare dei piccoli fusticini d'un verde tenero, i quali vanno via via crescendo fino a produrre delle spighe, ognuna delle quali contiene una ventina di chicchi; queste spighe, nascoste ancora nei loro steli, crescono gradatamente, maturano al sole, e, verso giugno, prendono quel bel giallo che le fa parer d'oro. Allora il contadino procede alla *segatura*: lega il grano in tanti fasci o covoni, lo trasporta nell'aia, e lo batte fortemente con lunghe canne, per separar la paglia ossia i gusci, dai chicchi, i quali vengono riposti nelle sacca o portati al mulino.

Il grano non serve solamente alla fabbricazione del pane, ma anche a quella delle paste, con le quali si fanno le minestre: ci dà, inoltre, l'amido con cui *insaldiamo* la biancheria, la crusca, la paglia per molti usi, tra a quali va ricordata la fabbricazione dei cappelli.

—Una volta, quand'ero malato, mi facesti un decotto d'orzo. La maestra mi disse che anche quello era una specie di grano.

—È verissimo. L'orzo è una biada molto utile e serve alla fabbricazione della birra: in alcuni paesi montuosi lo impastano insieme alla farina per farne pane, e chi lo ha assaggiato assicura che è assai buono.

Tra i grani non bisogna dimenticare il formentone o grano turco, che ci procura quell'ottima farina gialla, colla quale facciamo polente, gnocchi, covaccini e dolci. In molti paesi dove non c'è grano, se ne servono anche per fare il pane: ma non riesce salubre e buono come quello che mangiamo noi.

Il fusto del formentone è molto alto; e fra le sue giunture escono le pannocchie, le cui foglie servono a riempire i sacconi.

La *vena* che si dà ai cavalli, il miglio, il panico e il riso appartengono anch'essi alla specie dei grani: ma la coltivazione del riso richiede terreni bassi, irrigati, paludosi, che vengono chiamati appunto *risaie*.

Non è quindi sano l'abitare in prossimità delle risaie e noi dobbiamo esser riconoscenti ai poveri coltivatori, i quali, astretti dal bisogno, vi menano una vita breve e travagliata.

A questo punto Lello annodò le braccia intorno al collo della mamma e nascose la testa nel seno di lei.

—Che cos'hai? chiese questa maravigliata. Ti senti male?

—Oh mamma! rispose il bambino, lo conosci Geppone, il figliuolo del lattaio?

—Sicuro che lo conosco! Ebbene?

—Stamani, nell'andare a scuola, l'ho incontrato, e siccome non m'ha voluto far montare sul baroccino dove ci aveva le fiasche del latte, l'ho trattato di contadinaccio e di villano!

—E lui che cosa ti ha risposto?

—Lui! Nulla. Ha seguitato la sua strada, a capo basso, senza neanche voltarsi indietro.

—Forse piangeva, osservò la mamma.

E senz'aggiungere una sola parola uscì dalla stanza.

* * *

Lello rimase male, male di molto. Avrebbe preso che la mamma lo avesse gridato, magari picchiato. Quel silenzio doloroso gli fu più amaro d'ogni rimprovero.

Si pose di nuovo a guardare i campi a traverso i vetri della finestra e pensava: Se io non rivedessi più il povero Geppone e non potessi perciò chiedergli perdono, come farei a campare con questo struggimento?

Che cos'è l'*aratro*?

Raccontatemi la storia d'un pezzetto di pane.

Il grano serve solamente alla fabbricazione del pane?

Accennatemi altre specie di grani.

Perchè Lello aveva dei rimorsi?

Turco e Sparalampi.

Era una gran passione con quella benedetta bambina dell'Ersilia: l'acqua ghiaccia le faceva paura: il sole le dava il dolor di capo, il vento le produceva le scoppiature sulla pelle, i vestiti di lana la bucavano, quelli di tela le agghiacciavano il sudore, quelli di cotone le si appiccicavano alle spalle.

E anche nel mangiare era la stessa storia. Non le piacevano le patate, l'erba le dava il dolor di stomaco, la minestra di riso la nauseava, la carne grossa le era indigesta. Insomma era un vero struggimento.

E la mamma, che era una donna di giudizio, voleva avvezzar bene la sua bambina, nè poteva certo menarle buoni tutti quei dàddoli.

—Io voglio far di te una giovane sana e robusta, le diceva spesso: e affinchè tu diventi tale, è necessario che tu ti avvezzi per tempo al sole, alla pioggia, ai venti: che tu pigli l'abitudine ai cibi grossolani, alle vesti ruvide, ai letti duri. Si sa come si nasce e non si sa come si muore, bambina mia. E perchè tu intenda meglio i vantaggi d'una vita sobria e severa, ti racconterò la novella di Turco e di Sparalampi.

Sappi che in un paesetto del Mugello, un pastore aveva allevato due bei cani, appartenenti alla razza più stimata, sì per la forza, come per il coraggio. Quando li vide abbastanza grandi e robusti per non aver più bisogno del latte materno, pensò di regalare il più bello al suo padrone, che era un ricco signore di Firenze.

Ci volle del buono e del bello a dividere i due animali, che non intendevano di lasciarsi, ma salvo questo incidente, il regalo fu ricevuto collo stesso piacere col quale venne fatto.

A partir da quel giorno, la vita che menarono i due fratelli fu molto diversa.

Il nuovo signorino, al quale venne imposto il nome di *Turco*, fu ammesso subito in cucina, dove non tardò ad accaparrarsi le buone grazie del servitorame, che si divertiva a vederlo sgambettare e lo compensava con una profusione di chicche e di cibi prelibati, e lui, a furia di mangiar quelle cose sostanziose dalla mattina alla sera, si era fatto tondo e grasso come un pallone: ed era diventato così pigro e pauroso, che la sola vista d'un ragno bastava per farlo allibire.

Aveva anche un altro difetto: quello della gola, e quando sapeva di non esser visto, rubava dalla dispensa ora un pezzo di prosciutto, ora un dolce, ora un'ala di pollo.

La gente di servizio avrebbe pur voluto gastigarlo, ma egli era così accorto e sapeva reggersi con tanta grazia sulle zampine di dietro, che le busse andavano a finire in carezze, e spesso in nuove ghiottonerie.

L'altro cane, chiamato *Sparalampi*, non aveva il pelo lustro e il corpo rotondeggiante del suo fratello di città; non sapeva reggersi sulle zampe di dietro nè far le capriole eleganti di *Turco*; e in quanto al mangiare bisognava contentarsi di un po' di pane scuro e lì. Non c'era dunque da stupire se obbligato a viver sempre all'aria aperta ad affrontar le intemperie della stagione e a lavorar senza tregua per guadagnarsi il sostentamento, si era fatto robusto, attivo e diligente. Gli incontri frequenti coi lupi gli avevano dato una tale intrepidezza, che nessuno poteva vantarsi di averlo fatto scappare: qualche volta, è vero, era tonato a casa tutto sanguinolento e con gli orecchi laceri: ma invece di sgomentarsi, egli si teneva di quelle ferite, le quali erano una prova indiscutibile del suo coraggio: e la sua onestà dove la metto? Quante volte si era trovato nell'occasione di agguantare un bel pezzo di agnello o di maiale! Quella carne lo solleticava, gli faceva gola; ma pure *Sparalampi* seguitava la sua strada con disinvoltura e non si voltava mai indietro per la paura di cedere alla tentazione.

E quando era fuori col greggle? Poteva venir giù pioggia, grandine e neve: potevano cascare i fulmini ai suoi piedi, egli non si muoveva e sarebbe piuttosto morto, che cercare un riparo, il quale lo avesse diviso dalle pecore affidate alle sue cure.

Ora avvenne che il padrone del pastore si decise a visitar le sue terre. Condusse con sè *Turco*, il quale, appena ebbe visto *Sparalampi*, non potè trattenere un moto di repulsione. Il povero animale, l'ho già detto, non possedeva una sola delle brillanti qualità del cane cittadino. Anche il padrone lo guardò con diffidenza, ma non tardò a ricredersi.

Correre, slanciarsi sul lupo e addentarlo alla gola, fu l'affare d'un minuto.

Un giorno ch'ei passeggiava in un bosco, accompagnato dal suo favorito, un lupo enorme, i cui occhi parevano due fiamme, sbucò da un cespuglio e gli si avventò. Il signore si credè spacciato, tanto più quando vide il grazioso *Turco* pigliar la ricorsa con tutta la lena delle sue fiacche gambucce. Ma in quel mentre, eccoti sopraggiungere *Sparalampi*, il quale aveva, anch'esso, seguito a una certa distanza il signore. Correre, slanciarsi sul lupo e addentarlo alla gola, fu l'affare d'un minuto. La lotta durò lunga e crudele, ma alla fine *Sparalampi* ebbe il gusto di stender morto il lupo. Ne riportò, è vero, parecchi morsi alle orecchie e qualche contusione, ma le carezze di cui fu ricolmato, gli fecero sopportare allegramente quei piccoli malanni.

Ora dimmi un po', Ersilia: Credi tu che *Sparalampi* ove fosse stato allevato con gli stessi riguardi di *Turco*, sarebbe venuto su quel cane robusto e valoroso di cui ho cercato darti un'idea? Egli visse lungamente, amato e rispettato da tutti, mentre il suo infelice fratello, fatto segno al generale disprezzo, condusse giorni brevi e obbrobriosi su una cuccia dimenticata. Morì col cimurro, la gotta e la tigna. Morte degna d'una tal vita. Eppoi, figliuola, noi ignoriamo ciò che il destino ci riserba. Oggi siamo ricchi, ma domani possiamo esser poveri. Non è la prima volta che avvengono tali improvvisi e completi rovesci di fortuna. Stiamo dunque preparati a tutto: amiamo il lavoro, addestriamo il nostro corpo a tutti quegli esercizi che possono conferirgli salute e robustezza, ma *soprattutto* avvezziamoci a qualche privazione e a star paghi del poco. Non è ricco chi possiede molti denari, ma quegli che ha meno bisogni da soddisfare. L'Ersilia abbassò il capo e quando fu a tavola mangiò tutto di bonissimo appetito, senza dàddoli e senza broncio.

I Pesci.

Bambini, disse la signora Lucia ai suoi tre figliuoletti, il babbo vuole offrirvi un divertimento a vostra scelta per domani, che è domenica. Siete stati buoni durante tutta la settimana, avete fatto con diligenza le vostre lezioni e vi siete meritati dei bei voti sui registri scolastici. È dunque giusto che raccogliate il frutto del lavoro e della buona condotta. Che cosa volete fare domani?

—Andiamo ai burattini! gridò Giorgio, andiamo ai burattini! Sono tanto graziosi!

—Benedetto te e i tuoi burattini! disse l'Ernestina facendo il broncio. Non capisco come ci si possa divertire a vedere dei fantocci di legno, che si muovono tutti d'un pezzo e ripetono sempre le medesime cose! Florindo discorre con Rosaura, Pantalone giunge all'improvviso, con un gran bastone in mano, si empie la scena di soldatini e tutto va a finire in legnate e in urli! Bel gusto!

—Andiamo al Politeama, disse Gigino, c'è la Compagnia equestre e ci divertiremo. *Miss Aissa* fa la ginnastica sul dorso del cavallo e sfonda venticinque cerchi ricoperti di carte! Andiamo al Politeama, mamma!

—Un biglietto al Politeama costa caruccio, disse la mamma, e quando pensiamo che siamo in cinque, bisogna rinunciare a un divertimento poco adatto alla nostra condizione. Spendere sette o otto lire per due ore di piacere, quando con quei denari si può alleviare la miseria d'una disgraziata famiglia mi pare un peccato....

—O dunque, disse Giorgio, come la passeremo questa benedetta domenica?

—Cercate, bambini.

—L'ho trovata! esclamò l'Ernestina, l'ho trovata! Il babbo le domeniche va a pescare. Perchè non lo preghiamo di condurci con lui?

—Benone! Benone! dissero tutti in coro, eccettuato Gigino, alla pesca! alla pesca!

—Sì! sì! riprese l'Ernestina tutta contenta di vedere adottata la sua proposta. Il babbo pesca sempre, e noi, mai. Anch'io voglio pescare.

—Anch'io! Anch'io! disse Giorgio saltando.

—È un divertimento che non costa nulla, disse l'Ernestina.

—Non solo non costa nulla, rispose la mamma, ma se il babbo ve lo permetterà, e non c'è ragione di dubitarne, noi daremo il prodotto della nostra pesca alla famiglia del povero Cecco muratore; quei disgraziati, a volte, non hanno neanche da sdigiunarsi con un po' di pane secco.

—Oh sì, mamma, disse Giorgio, ti è venuta una buona idea!

—Io voglio, pescare tanti, tanti pesci, esclamò l'Ernestina. Così, se non li potranno mangiar tutti, li venderanno e prenderanno dei soldi!

—Pensate, riprese la mamma, che bisognerà levarsi molto presto: almeno alle quattro! Vi desterete, dormiglioni?

—Oh Dio! disse Gigino, con un muso lungo lungo, se bisogna levarsi avanti giorno, mi pare che non ne valga la pena. Che c'è egli di straordinario a veder pescare? A Livorno non si fa altro!

—Tu hai sempre la smania di buttare all'aria ogni cosa, disse l'Ernestina. Perchè lui viene da casa del nonno, ed è stato a veder pescare finchè gli è parso, pretenderebbe che noi restassimo con l'acqua in bocca! Grazie tante! Una volta per uno non fa male a nessuno, signorino. Eppoi se la mamma sarà contenta, potremo andare a letto, subito dopo desinare. Così non perderemo nulla.

—Sta bene, risposero gli altri, stasera a letto alle ventiquattro e domattina in piedi al levar del sole.

—Ma se il babbo non fosse contento? obiettò Gigino, che pur di mandare a monte la partita, si sarebbe attaccato ai veli di cipolla.

—Il babbo sarà contento, rispose la mamma, guardandolo severamente, ci penso io a parlargliene.

Il babbo, infatti, non trovò nulla da ridire e fu molto contento di poter procurare un piacere ai suoi bambini. E perchè nulla mancasse alla festa, fu deciso che anche la mamma vi prenderebbe parte.

Eccoli dunque tutti, fuori del guscio! Sono un po' assonnati, hanno gli occhi un po' gonfi, ma sono vispi e allegri come tante lodolette. Il sole dorava già le cime dei campanili, gli uccellini cantavano, un ventolino fresco e odoroso bisbigliava tra le foglie delle acacie, e i contadini s'incamminavano al mercato con le loro ceste cariche di ciliegie e di fiori. Tutte le porte, tutte le finestre erano sempre chiuse; la nostra lieta famigliuola era certo, per quella mattina almeno, la più sollecita.

E non si misero in cammino a mani vuote: anzi, siccome l'appetito sarebbe venuto a tutti, così tutti portavano qualche cosa; i tre bambini avevano un paniere per uno, dove c'era del pane, del vino, della carne e delle frutte.

Il babbo aveva una specie di borsa a tracolla, nella quale aveva riposto l'occorrente per pescare: e, così diviso, il peso delle provviste non incomodò nessuno.

La mamma sola aveva le mani libere: tanto il babbo che i fanciulli non avevano voluto caricarla neanche di un gingillo: le volevano troppo bene per esporla alla più leggiera fatica. Non avreste fatto lo stesso anche voi, bambini?

Il babbo andava avanti con Giorgio, che portava sulla spalla le reti e le lenze per sè e per i suoi fratellini. In cima a ognuna di queste lenze, pendeva un pezzettino di legno, intaccato alle due estremità, e al quale era avvolto un lungo filo bianco e un sugherino rosso. E siccome la lenza era flessibile, il pezzettino di legno rimbalzava a ogni passo e faceva fare delle grosse risate all'Ernestina che camminava dietro a loro.

La mamma veniva ultima con Gigino, sempre un po' musone.

Infatti per lui che era stato più di un anno a Livorno, dove ci son tanti pescatori, quel passatempo non doveva riuscire molto attraente.

—Che hai, Gigino? disse la mamma. Perchè codesta cera da mortorio?

—Perchè io non mi diverto punto, rispose Gigino. Non potevano scegliere un'altra cosa? I burattini, per esempio?

—Sai bene che l'Ernestina non li può soffrire. Ci si sarebbe annoiata, e ci saremmo, credilo pure, annoiati tutti.

—Ma mi sarei divertito io, riprese Gigino.

—Pensa, rispose la mamma, che se avessimo fatto a modo tuo, saremmo stati, in *quattro*, a provare la noia che provi *tu solo*. Non è meglio, contentare i più? E tu, in sostanza, ti saresti potuto divertire in mezzo alla contrarietà di tutti?

Gigino non rispose. Sentiva che la mamma aveva ragioni da vendere.

—Andiamo, figliuolo, fai oggi quel che dovrai fare spesso, quando sarai diventato un uomo: sacrifica i tuoi gusti particolari a quelli della maggioranza e godi del piacere che con la tua condiscendenza puoi procurare agli altri.

Gigino non ebbe bisogno d'altre esortazioni per esser persuaso dei suoi torti. Strinse la mano della, mamma e le disse sorridendo:

—Sarò buono, buono, buono!

—Ecco il fiume, ecco il fiume! gridarono i ragazzi, e fecero per prender la rincorsa.

—Non qui, bambini, non qui! disse il babbo. Non vedete che questo luogo non è abbastanza quieto e appartato? Quelle lavandaie e quei renaioli che vanno e vengono non possono che fare impaurire i pesci.

—Come, babbo! O che, i pesci si accorgono di chi è sulla spiaggia?

—Sicuro, disse Gigino. Anche i pesci hanno gli occhi.

—E degli occhi bonissimi, riprese il babbo. E non solo ci vedono, ma odono ogni rumore: procurate dunque di parlare sottovoce, perchè ci siamo.

Infatti, la comitiva fece sosta. Erano giunti sulla riva, dove molti salici fronzuti formavano come una gran cupola verdeggiante che avrebbe riparato i nostri amici dalle carezze troppo ardenti del sole di luglio.

—Qui staremo benone, disse il babbo. Alla svelta! Ognuno deponga gl'impicci e posi le sue provviste a' piè di quell'alberone.

—Si deve mangiar subito? chiese Gigino.

—Come subito? ribattè il babbo. Mangiare senza prima aver lavorato? Oggi voi siete degli uomini, e gli uomini prima di mangiare, lavorano.

Dopo tre ore, i panieri che avevano contenuto la refezione dei nostri amici, erano pieni di pesce.

—Io vorrei sapere, disse Gigino, perchè tra tutte queste anguilline e pesciolini d'argento, non c'è neanche una *sogliola*, una *triglia*, un *gambero* o un'*acciuga*. A Livorno se ne pescavano sempre!

Pesci

—Tu dimentichi, rispose il babbo, che nell'*acqua dolce* non vivono i medesimi pesci che sono nell'acqua di mare.

—Babbo, perchè i pesci, quando sono fuori dell'acqua, muoiono?

—Perchè essi non possono respirare l'aria che a traverso l'acqua, mentre noi non possiamo respirare che l'aria pura.

—O che i pesci respirano?

—Ma certo!

—Curiosa! O che hanno i polmoni?

—No: essi sono provvisti di un organo respiratorio, diverso dal nostro: e sono le *branchie*, specie di pettinini con gran numero di denti molli e fitti, nascosti in fondo alla bocca e fatti, quasi starei per dire, per stracciare l'acqua e separarne l'aria.

—Babbo, perchè i pesci hanno la lisca?

—Giorgio, perchè hai la spina dorsale? La lisca non è altro che lo scheletro del pesce. E i pesci saranno dunque da mettersi tra gli animali *vertebrati*; essendo appunto stati nominati *vertebre* gli ossicini dei quali è composta la spina dorsale. I pesci, gli uccelli, gli anfibi, i rettili, e i mammiferi sono le cinque classi in cui vengono ripartiti gli animali vertebrati.

—È vero, babbo, che i pesci sono stupidi? chiese l'Ernestina.—

—Io non li credo meritevoli di questo brutto epiteto, rispose il babbo: perchè numerose esperienze c'insegnano che un certo intendimento lo hanno anche loro: ma è un fatto che fra gli animali, i pesci non sono i più accorti. La loro pelle coperta di scaglie è insensibile: il loro sangue è freddo e circola lentamente intorno a un cuore imperfetto; la loro testa è così compressa, che ci è appena posto per un cervelluccio molto piccino. I pesci non hanno gioie, non hanno amicizie, nè vincoli di società o di famiglia; è perciò un'ingiustizia il chiedere a questi poveri animali più di quello che il loro organismo può darci.

Ma questi pesciolini che serviranno alla cena del povero Cecco, non possono darvi un'idea dei mostri giganteschi che popolano l'Oceano: Avete però veduto disegnato più volte il terribile pesce cane, la balena, qualche polipo e altri e altri ancora.

Tutti i pesci si riproducono per mezzo delle uova: ma tra i pesci non dovete contar la balena, la quale, quantunque viva nei mari, appartiene ad un altro ordine di animali, detti *cetacei* e si riproduce come gli altri mammiferi. Così ebbe fine la partita di pesca. La nostra comitiva se ne tornò a casa di bonissimo umore, lieta per la bella mattinata trascorsa, ma più ancora pel dono caritatevole offerto al povero Cecco.

Come si chiamano gli organi respiratori dei pesci?

Che cosa è la lisca?

Ditemi il nome di sei pesci di mare.

Perchè la balena non si deve classificare tra i pesci?

Primi freddi.

Ecco quel che mi raccontò la povera Luisa:

—Quel giorno mi tornò da scuola col visino spaurito e le mani paonazze. Gli domandai se gli faceva freddo e se strada facendo aveva sentito il bisogno d'un vestito più grave. «Ti pare? mi rispose. Siamo ancora in ottobre e se mi rinfagotto ora, che farò questo gennaio? Eppoi senti, sono caldo.»

Era vero. Aveva il petto e le mani calde. D'altra parte, non poteva patire: fino dai primi del mese, gli avevo messo la camiciuola a due petti, i calzoncini gravi e la giacchetta foderata di peloncino. Non gli mancava che un capo solo, il *paletôt*: ma quello non ce l'avevo. Glie l'avrei comprato alla fine di novembre, quando riscotevo que' po' di soldi della pensione. Un mese, po' poi, passa presto e quando una creatura è ben coperta di sotto....

Tutte queste cose le pensavo fra me, mentre lo aiutavo a scioglier le tavolette dei libri; ma *sentivo* che se nell'armadio ci fosse stato il paltoncino, sarei stata una donna molto contenta.

La notte non potei pigliar sonno. Udivo il tramontano che sbatacchiava le persiane delle case accanto e mi veniva subito in mente Gigino, che il giorno dopo sarebbe andato a scuola in bella vita. Ottobre o non ottobre, il freddo era venuto.

Avrei potuto tenerlo in casa: ma se il bambino mi disimparava le cose studiate? Io non ero in grado di fargli neanche la ripetizione, io, povera ignorante. Fino ad accorgermi se lo scritto era bello o brutto, e se i numeri tornavano, ci arrivavo anch'io: ma pur troppo quello non bastava. Bisognava intendersi di studi.

Almanaccai se tra i miei cenci, ci fosse stato qualche cosa da potersi riadattare per lui: nulla. Il pastrano del suo povero babbo era in pegno da cinque mesi, e il mio scillino a righe era tutto un frinzello.

Non ci avevo nulla, proprio nulla. Sicuro, il braccialetto d'oro, coi capelli del mio marito, c'era. Sfido! Certe cose non si possono vendere, neanche per un po' di pane. Infatti, dopo la morte di *lui* avevo patito d'ogni bisogno: avevo mangiato patate lesse per un mese e mezzo, ero stata senza vino e perfino col pane a còmpito: ma il braccialetto non l'avevo mai voluto vendere. Era l'unico ricordo che mi restasse di quel pover'uomo.

Intanto il vento seguitava a mugliare. Allungai una mano per tastar Gigino, e lo sentii ghiaccio marmato. Di certo il bambino aveva preso del fresco. Non potevo più dubitarne.

Almanaccai se tra i miei cenci, ci fosse stato qualche cosa da potersi riadattare per lui: nulla.

Verso le otto mi levai adagio adagio, mi buttai lo sciallino sulle spalle e in un attimo fui fuori. Da casa mia al Ponte Vecchio c'era un passo. Le botteghe degli orefici cominciavano ad aprirsi. Entrai in una, dove ci stava un vecchino, che m'era sempre piaciuto per la sua aria di buono; gli feci vedere il braccialetto e lui me lo stimò venti lire. Glie lo detti subito, ed ebbi per sopprappiù un medaglioncino d'argento per tenerci i capelli del mio marito.

Tornai a casa con un bell'involto sotto il braccio. E da quel giorno in poi, il tramontano non mi fece più paura: il mio Gigino aveva il *paletôt*.

Il bambino, dopo qualche mese di questo fatto, era un fior di bellezza: chi me lo rubava di qua, e chi di là. Perfino il suo maestro l'aveva voluto tenere a desinare.

Ma un figliuolo a quel modo, non me lo meritavo. La *difterite* me lo portò via in quarantott'ore. Ed eccomi qui!—

La Luisa tacque. Mentre parlava, ravviava le cassette del cassettone, spiegava alcune camicine, altre ne riponeva. Scosse una giacchetta, spolverò un berretto e tirò fuori un paltoncino.

Lo guardò fisso, con gli occhi infiammati, eppoi, stringendoselo al petto:

—Oh figliuolo, figliuolo mio, balbettò tra i singhiozzi, se non avessi venduto il braccialetto, chi mi darebbe, ora, la forza di vivere?

Fuoco e Fiammiferi.

(Novella).

Si deve cominciar proprio col «c'era una volta?» Perchè no, quando quelle parole magiche evocano tutto un mondo di fate, di maghi, di belle regine, di castelli incantati e di uccelli dal canto melodioso? Oh le novelle! Le novelle che ci raccontava la nonna nelle lunghe serate d'inverno, quando le legna scoppiettavano nel cammino, e di fuori muggiva il tramontano, ditemi, chi le ha dimenticate? Io no certo. A me le raccontava invece la mamma, la buona mamma mia, che ora è morta. Sedevo su un panchettino di legno, ai suoi piedi, puntavo i gomiti sulle sue ginocchia e con la faccia appoggiata tra le mani, stavo a sentire. E m'intenerivo sui casi di Berlinda, fremevo alle tirannie di Barbablù, applaudivo all'animo gentile delle fate pietose, che spianavano la schiena ai bambini gobbi e rendevano la salute e la gioventù alle buone vecchine.

Poi a poco a poco le fate, le principesse, i mostri si dileguavano come nuvole di nebbia: il fuoco non scoppiettava più, il vento taceva, e.... un letticciuolo caldo accoglieva tra le sue coltri ospitaliere una bambina addormentata.

Or bene: ritorniamo piccini un'altra volta e siate contenti ch'io vi racconti una storiella, una storiella vera, però.

Sappiate dunque che molte centinaia d'anni sono, alcuni uomini istruiti si erano messi in testa di fabbricar l'oro a furia di preparazioni e d'intrugli. Nè le loro pretese si limitavano a ciò: essi volevano trovare un rimedio a tutti i mali che affliggono l'umanità e per conseguenza anche alla morte: si arrabattavano perciò a pestar polveri, a preparare unguenti, a far bollire calderotti, pieni di sostanze strane, ributtanti e spesso pericolose.

Ma l'oro non veniva e la gente seguitava a morire come se nulla fosse. Paiono cose incredibili, non è vero? Eppure a' quei tempi, si commettevano e si tenevano in conto di verità indiscutibili ben altre stoltezze.

In Amburgo, che è una città della Germania, viveva un certo Brandt, mercante di condizione. Pare che la mala riuscita dei suoi affari lo persuadesse a cercare una via di guadagno nelle ricerche dell'*Alchimia*, parola con la quale gli uomini di cui vi ho parlato battezzavano i loro ridicoli tentativi.

La mala riuscita dei suoi affari lo persuadesse a cercare una via di guadagno nelle ricerche dell'Alchimia.

Standosene un giorno nel suo laboratorio, intento a far bollire al fuoco violento d'un gran fornello diverse sostanze, fra le quali era mescolata dell'orina, ottenne inaspettatamente e con suo grandissimo stupore, non l'oro agognato, non il rimedio universale, ma una materia singolare, strana, somigliantissima alla cera bianca. Aveva un leggiero odore d'aglio e, cosa più bizzarra ancora, risplendeva nell'oscurità.

Quest'ultima proprietà le valse il nome di *fosforo*, che vuol dire *portaluce*.

Le molteplici esperienze fatte da altri uomini dotti provarono che questa sostanza esiste in gran quantità nelle ossa di tutti i *mammiferi* cioè di quegli animali che nascono colle forme del corpo eguali a quelle della loro madre e poppano il latte delle sue mammelle.

A questo punto è necessario ch'io vi rivolga una domanda: lo sapete, ragazzi, come facevano gli antichi a procurarsi il fuoco? No! Ve lo dirò io.

Nei tempi primitivi, quando non era ancor conosciuto l'uso dei metalli, gli uomini si fabbricavano le armi con pezzi di selce e di legno: e mentre attendevano a ciò, s'accorsero che dalla confricazione violenta di queste due sostanze uscivano delle scintille, le quali, poi, divampavano in fiamme.

Questo rozzo metodo, dovuto al caso, si andò gradatamente perfezionando, fintantochè fu inventato l'*acciarino*, il quale non è altro che un pezzetto di acciaio, che i nostri nonni battevano sulla silice, o pietra focaia, per farne scaturire la scintilla. O come accade ciò? Ecco: battendo rapidamente una lama di acciaio sulla silice, le estremità taglienti di questa pietra sì dura fanno un leggiero solco sulla lama e la riscaldano, nel tempo stesso che in quel punto ove la solcano, spicca una minutissima scheggia di metallo, la quale essendo già riscaldata, s'infiamma tostochè trovasi isolata dall'acciarino e a contatto dell'aria. L'esca, poi, che si mette a contatto della pietra focaia, affinchè pigli fuoco, è una materia che cresce sulla querce, e viene conciata e preparata con sostanze atte a incendiare facilmente.

Ma la scoperta del fosforo c'insegnò un modo più spiccio per procurarci il fuoco: esso ha, come vi ho detto, la strana proprietà di essere costantemente luminoso nell'atmosfera e di manifestarsi, nell'oscurità, con una luce più viva. Ebbene l'industria ha applicato questa proprietà del fosforo alla fabbricazione di quei fuscellini di legno o di cera, comunemente detti fiammiferi; essi sono ricoperti, ad uno dei loro capi, da un miscuglio di fosforo, di zolfo, di clorato di potassa e di gomma colorata in verde, giallo, rosso o turchino; e basta sfregarli sopra un corpo scabroso o secco, affinchè prendano subito fuoco.

Nessuno, certo, potrebbe disconoscere l'utilità grande di questo trovato: ma non meno il pericolo di dar fuoco alle case e alle persone, come pur troppo ce lo dimostrano i casi lacrimevoli che tuttodì accadono sotto i nostri occhi.

È da aggiungere che il fosforo è uno dei veleni più potenti: e che perciò i bambini non dovrebbero mai toccar fiammiferi senza il permesso della mamma. La presenza del fosforo nella natura da origine a fenomeni curiosissimi: Chi di voi, nelle quete sere di giugno, non ha visto le lucciole svolazzare, qua e là, tra il grano e i canneti? Ebbene: quella luce che esse hanno nella parte posteriore del corpo, non è altro che una piccola quantità di fosforo. Nè solo i mammiferi e gl'insetti producono fosforo: ma anche i pesci.

E spesso, in alto mare, le navi solcano larghe e lunghe strisce di onde, rese luminose da una quantità immensa di animaletti fosforescenti.

Eccoci alla fine della nostra lezioncina. Mi perdonate se ve l'ho battezzata per una novella? Avevo tanta paura che la saltaste a pie' pari! Ora noi sappiamo perfettamente che il fosforo è un corpo il quale ha l'apparenza della cera, di cui possiede la semi-trasparenza, il colore e la mollezza: sappiamo che il suo carattere principale è quello di mostrarsi luminoso nell'oscurità, mediante il semplice contatto dell'aria: sappiamo che il Brandt, mercante di Amburgo, lo scoprì verso il 1669....

Ma se vi ripetevo i casi di Berlinda e le bricconate di Barbablù, che cosa avreste imparato? Ditemelo!

Un Baratto.

(Dal quaderno d'una fanciulla).

Quand'ero bambina, i miei genitori solevano passare qualche mese in certa loro villetta del Casentino, dov'era un gran bello stare, tanto per l'aria pura e balsamica, quanto per la vita semplice e alla buona che menavamo.

Là, affinchè le vacanze non mi facessero dimenticare del tutto quelle po' di cosuccie imparate a Firenze, mi mettevano a scuola da una povera vecchia, secca allampanata, che ai suoi tempi, dicevano, aveva avuto del ben d'Iddio, ma che poi, per detto e fatto di un figliuolaccio discolo, s'era ridotta al verde.

La prima mattina che andai a scuola da lei, la mamma mi aveva messo nel panierino una bella fetta di pan bianco con un grosso grappolo d'uva salamanna. Quando furono le undici, la signora Maddalena ci dette il permesso di merendare.

Lei, poverina, aprì la cassetta del vecchio tavolino intarlato e tirò fuori un gran cantuccio di pane nero, tanto duro e risecchito che pareva di legno. Io mi sentii turbata, e siccome mi trovavo proprio accanto a lei, non sapevo risolvermi a levar dal paniere il mio pane bianco, con quell'uva fresca. Mi pareva che la vista di quelle buone cose dovesse affliggerla o ricordarle i suoi bei tempi.

A un tratto mi venne un'idea, un'idea da bambine. Richiusi il paniere e ripresi il mio ago torto.

—Perchè non mangia? mi chiese la signora Maddalena.—La poverina ci dava del *lei*.

—Sono stizzita con la zia, risposi senza alzare il capo.

—Perchè? Si è scordata di darle la merenda?

—Tutt'altro! Guardi!—E cavai fuori la mia colazione. Gli è che quando sono in campagna, non farei altro che mangiare pane scuro, proprio di quello nero, da contadini. Ha un sapore! E la zia si ostina a volermelo dar bianco.

—La mamma vorrà così, osservò la maestra.

—La mamma? risposi con vivacità. Oh la mamma non bada a queste sciocchezze; sa che sono sana e ha caro, anzi, che mi avvezzi a mangiare di tutto.

La signora Maddalena era diventata rossa e rigirava il suo cantuccio tra le mani con aria indecisa.

—Non vuol dire, ripresi con simulata rassegnazione. Non mangerò. Per un giorno non si muore. Senta com'è buona l'uva della nostra vigna.

—Se il mio non fosse così duro.... balbettò la povera vecchia.

Non la lasciai finire.

—Sarebbe così gentile da barattarlo col mio? dissi tutta contenta. E senza darle tempo di rispondere, eseguii il cambio.

Restava l'uva. Ma ormai il coraggio era venuto.

—Senta com'è buona l'uva della nostra vigna, dissi porgendogliene la metà. Glie l'avrei data tutta, ma avevo paura d'offenderla.

Io, volete crederlo, bambine? Io divorai l'enorme cantuccio come se fosse stato un boccone solo.

E da quel giorno, non avrei potuto più merendare senza il pane della maestra.

* * *

Povera signora Maddalena! Lei che aveva portato tante privazioni, tanti stenti, tante vergogne: lei che aveva patito la fame senza lamentarsi e senza chiedere un soldo a nessuno, non potè reggere al dolore di sapere il figliuolo in carcere. Entrò a letto con un gran febbrone e morì col suo nome sulle labbra. A me, poi, che le prestavo qualche piccolo servigio e passavo gran parte del giorno al suo capezzale, fece un cenno con la mano e balbettò:—Ah birichina!...—

Che il buon Dio le avesse già raccontato tutto?

I metalli.

Attenti, bambini. Oggi dobbiamo parlare di belle cosine, di cosine che vi piaceranno certamente. Guardate bene quest'anello. Lo vedete? Mi sapreste dire di che cos'è, ossia di che sostanza è composto?—È d'oro.—Bravi! Quest'anello, infatti, è d'oro. Ed è pur d'oro il mio orologio, la crocellina che tengo al collo e la moneta che vi feci vedere giorni sono. Com'è bello l'oro, non è vero? L'oro ha un bel colore giallo, risplendente, un colore che quasi potrebbe agguagliarsi a quello del sole. Quando una bambina ha dei bei capelli biondi, diciamo che gli ha d'oro: e anche quando si vuol significare che il grano è maturo, diciamo che la mèsse è color d'oro.

Quest'oro così ammirato è una sostanza preziosa, cari figliuoli.

Con essa si fanno molte belle cose; sapreste accennarmene qualcuna?

Sicuro. Con l'oro si fanno i gioielli che adornano le signore, come sarebbero diademi, buccole, collane, spilli, orologi, anelli, braccialetti, fibbie, medaglioni, ecc. Con l'oro si fanno oggetti di lusso per le tavole, come saliere, porta ampolle, coppe, posate, fruttiere, vassoi, trionfi: e si fanno candelabri per le chiese, reliquiari, cornici, statuette, angioli e croci: anzi vi dirò che in un paese molto lontano dal nostro, la Grecia, fu scolpita, molti secoli sono, una statua, tutta d'oro massiccio. Ora le statue non si scolpiscono più nell'oro, ma nel marmo: e voi ne avrete vedute chi sa quante a ornamento delle piazze, dei palazzi e delle chiese. Con l'oro si *coniano* le monete da cinque, da dieci, da venti, da cinquanta e da cento lire. Vi auguro di possederne un giorno molte di queste monete; e sapete perchè? Perchè so che siete buoni, e godete nel dar qualche centesimo ai poverini che non hanno pane. Che cosa fareste, dunque, se vi ritrovaste a posseder tant'oro? Io credo che qui nel vicinato non ci sarebbero più poveri, non è vero?

I metalli

Voi, ora, sarete curiosi di sapere di dove si leva quest'oro tanto prezioso. Ve lo devo dire? Si *cava* di sotto terra. Così è, figliuoli. La terra non ci dà solamente le mèssi e i dolci frutti, ma anche tutto quanto è necessario a far comoda e ben difesa la vita dell'uomo.

E non crediate che dalla terra si estragga solamente l'oro: oh vi si trovano ben altre cose! Dove metto il ferro? Il ferro non è bello come l'oro, anzi, se si ha da dire schiettamente è piuttosto bruttino, con quel suo colore bigiastro e tetro. Ma che vuol dir ciò? Non è mica l'apparenza quella che decide del valore reale d'una cosa! Anzi l'apparenza, spessissimo, è ingannatrice. Abbiatene un esempio in Paolino, che oggi non è potuto venire a scuola. Il poveretto è debole, malato, spaurito? ha un viso e due occhi che non promettono nulla. Eppure quanta bontà in quell'ottimo cuore! Quanta svegliatezza in quella mente! Chi potrebbe conoscerlo senza volergli bene? Chi vorrebbe preferirgli un fanciullo bello, ma cattivo, sgarbato e bighellone?

Riprendiamo il filo del discorso. Qui nella scuola ci sono punti oggetti di ferro? Guardiamo un po': oh sicuro! Gli arpioni a cui stanno attaccate le carte geografiche, le aste dalle quali pendono le tende, il paletto della porta e il grosso campanello che vi annunzia l'ora della ricreazione, sono di ferro.

Il ferro ci è molto più utile dell'oro; anzi, giacchè ci siamo, vi dirò che l'oro non è utile a nulla e ne potremmo fare a meno benissimo. Ma se venisse a mancarci il ferro! Come si fabbricherebbero gli arnesi necessari all'agricoltura? E senza il ferro e la vanga, come si potrebbe lavorar la terra? Non c'è mestiero, arte o applicazione di qualsiasi ramo della scienza che non si giovi del ferro: dal pesante martello del fabbro alla sottilissima lama con la quale il medico interroga la rete complicata de' nostri nervolini e de' nostri tendini, tutti gli arnesi per mezzo de' quali l'uomo studia e lavora, sono di ferro.

Onoriamo dunque il ferro. E onoriamo anche l'oro, purchè serva a ingentilire il costume, a incoraggiare le industrie, a premiare il lavoro: onoriamolo sopratutto, se nelle mani di chi lo possiede, diventa mezzo o strumento di carità.

Tanto il ferro che l'oro si chiamano *metalli*: nè sono soli: vi ha l'argento, il rame, il piombo, lo zinco, il mercurio e molti altri.

I luoghi della terra dai quali si estraggono i metalli si chiamano *miniere*. Ricordiamocene.

Vorrei dirvi ancora molte altre cosette sui metalli; ma mi accorgo che la lezione diventerebbe un po' troppo lunga e m'impedirebbe di raccontarvi la solita novellina. Peraltro, avanti di cominciarla, voglio assicurarmi se avete ben capito quello che vi ho spiegato.

Ditemi di che colore è l'oro e a quali usi serve

Se uno di voi potesse disporre di una bella moneta d'oro, come la impiegherebbe?

Com'è il ferro? A che serve? nominatemi dodici oggetti di ferro.

Come si chiamano i luoghi della terra dai quali si astraggono i metalli?

Ditemi il nome di sei metalli.

Amaro!

(Dagli appunti d'una maestra).

Non so in qual modo, ma i miei scolarini erano venuti a sapere che quel giorno era il mio compleanno. Me li vidi arrivare alla scuola col vestito delle feste e con un regalino tra le mani.

Chi mi portava una penna elegante, chi un libriccino da messa, chi un astuccio da lavoro, chi un bel mazzo di fiori freschi. Io fui consolata e attristata da quella vista: consolata perchè qualunque segno di gratitudine o d'affetto che mi venisse da quei buoni figliuoli mi toccava il cuore e mi faceva parer leggiero ogni sacrifizio: attristata, poichè pensavo che i denari occorsi in quelle compre, potevano venir destinati a più nobile uso. A ogni modo, accolsi serenamente quelle care dimostrazioni d'amore.

Chi mi portava una penna elegante, chi un libriccino da messa, chi un astuccio da lavoro, chi un bel mazzo di fiori freschi.

Un bambino solo, il più povero, non mi offrì nulla: ma dal suo contegno imbarazzato e dal suo visetto malinconico argomentai quanto dovesse soffrire. Lo chiamai e quando l'ebbi vicino me lo strinsi ripetutamente fra le braccia, baciandolo. Incoraggiato da quelle carezze, il poverino mi pose tra le mani un involtino e fuggì vergognoso.

Sorpresa e incuriosita, lo aprii senza che nessuno potesse accorgersene. Vi erano.... indovinate!.. Tre pallottoline di zucchero!

Lo richiamai subito da me.

—Lo sapevi che mi piacesse lo zucchero? gli chiesi sorridendo.

—Me lo sono figurato! Mi piace tanto a me!

—E tu, ripresi commossa, l'hai certo chiesto alla mamma e....

—No signora! replicò prontamente, non ho chiesto nulla a nessuno; glie l'ho serbato proprio io, di *mio*....

—Ma pure....

—La nonna, quando mi dà il caffè e latte, mi mette sempre nella chicchera due o tre pallottoline di zucchero per indolcirlo. Io ho levato lo zucchero....

—E il caffè e latte?... chiesi con la gola serrata.

—L'ho preso amaro!

* * *

Mario, piccolo Mario, dove sei tu? Forse il fumo delle officine avrà annerito il tuo viso d'angelo, forse a quest'ora lavorerai i campi dove biondeggia la messe e si matura, al sole, la vite, forse ti accoglieranno le navi avventurose dove il lavoro è sì duro, la speranza sì fallace....

Ma chiunque tu sii, operaio, agricoltore o uomo di mare, il tuo posto è fra i nobili cuori, per quali l'amore è sacrifizio, l'abnegazione, dovere.

Mario, piccolo Mario, se tu per un momento potessi entrare nella mia stanzetta da studio, vedresti molte carte, molti libri, molti ninnoli; e vedresti anche, custoditi in una piccola campana di vetro, tre pezzetti di zucchero, un nome, una data!

Gli uccelli

Stamattina una mia cara amica ha voluto regalarmi questo grazioso uccelletto. Guardatelo: è un *canarino*. Ha le penne gialle, il becco e le gambettine color di rosa pallido; ha gli occhi neri, vispi, brillanti come due margherite. Ora non canta, perchè non ne ha voglia o forse perchè la vista di luoghi nuovi e di persone sconosciute lo intimidisce. Ma quando si sarà addomesticato con noi, allora sentirete. Altro che trilli e gorgheggi di un cantante! Vi parrà impossibile che da un corpicino così piccolo possa uscire tant'onda di melodia.

Ma già chi di voi non ha in casa qualche uccellino? Aldo ha un *fringuello*, Giovanni un *cardellino*, Tommaso una *cutrettola* e Gigino un *usignuolo*. Le care bestioline!

Non so se vi è mai occorso di fermarvi in Mercato, dove c'è una bella bottega, piena di uccelletti di tutti i colori, di tutte le forme, di tutti i paesi.

Dal *fringuello marino*, così grazioso nel suo mantello arancione a macchiette nere, al maestoso *uccello di paradiso*, colle sue belle piume rosee, auree, infocate, ogni classe di questi gentili animali ha laggiù il suo rappresentante.

Ma gli uccelli dalle piume sì splendide non sono dei nostri paesi: essi ci vengono da regioni caldissime, dove il sole scintilla sulle sabbie color d'oro, dove i fiori hanno colori abbaglianti, dimensioni gigantesche, profumi acuti: e quanto più ardente è il clima dal quale ci vengono, questi leggiadri pellegrini, tanto più ricco e vivo è il colore delle loro piume.

Ci avete mai pensato, voi, al volo degli uccelletti, a questa loro mirabile attitudine, per mezzo della quale percorrono, in pochi minuti, tanta immensità di cielo?

Tutti voi conoscete certamente i piccioni, non è vero? E saprete forse che in tempi molto lontani dai nostri, si metteva a profitto la loro rapidità nel volo, per inviare messaggi, lettere, notizie da un paese all'altro. Ebbene: uno di questi messaggeri fa in un solo giorno più cammino di quello che possa farne un uomo in sei giorni.

Che ve ne pare? Quando studierete la storia naturale, imparerete come, oltre le penne, tutta la struttura del corpo dell'uccello, contribuisca a dargli quella grande leggerezza che agevola il suo volo.

Chi di voi non vorrebbe, per un giorno solo, diventare un uccelletto, sol per volare nel luogo o presso la persona che vi è più cara? Quanti bambini volerebbero dalla loro mamma lontana, o al paese dove sono nati e cresciuti e dove riposano in pace le ossa dei loro nonni!

Ma se a noi furono negate le ali, abbiamo però il *pensiero*, il volatore instancabile, che non posa un minuto, e per il quale le immensurate distanze che ci dividono dalla stella più lontana, sono appena un punto, un atomo, un'ombra. Il pensiero corre ai cari assenti, ai morti, ai non nati: si sprofonda nelle viscere della terra, e vola al di là delle stelle: interroga il gracile organismo del fiorellino di campo, e s'inalza fino a Dio: e là solamente il gran pellegrino s'acqueta e riposa.

Che dirvi del canto onde queste soavi creature ravvivano e fan lieta la terra? Che diverrebbero senz'esso i nostri paesaggi e le nostre foreste? Quando, nel silenzio della notte, ogni cosa dorme nella natura, e la vita sembra ovunque sospesa, ad un tratto dal fitto del fogliame escono alcune note, le quali ora sono un sospiro, un lamento, un gemito: ora sono canti lieti, vivi, che ogni eco ripete e fa suoi.

E le case dei poveri, e tante misere stanzuccie di fanciulle malate, che diverrebbero se non le allegrasse talvolta il cinguettìo delle *rondini* che han fatto il nido lì vicino, o il trillo cadenzato del *canarino* e del *passero*?

E questi uccelletti, così agili al volo, così splendidi di piume, così abili nel canto, sono padri previdenti, mamme amorose, mariti esemplari. In loro la bontà è pari alla grazia, all'agilità, alla bellezza. Quale insegnamento per certi bei bambini di mia conoscenza!

Noi sappiamo che gli uccelli si riproducono per mezzo delle *uova*, le quali, *covate* da uno dei genitori, si schiudono a un'epoca determinata, per dare adito al nuovo piccino.

Ebbene: quando viene il tempo di deporre le uova, la femmina cambia le sue abitudini. Le piaceva il canto, l'allegro vagabondaggio sui clivi fioriti, il cinguettìo colle compagne? Dal momento che sta per diventar mamma, rinunzia alla libertà e non abbandona più le sue uova, finchè il calore continuo e prolungato del suo corpo non le abbia fatte schiudere.

Bisogna vederle quelle creaturine, nate d'allora! Incapaci di adoperare le zampe, senza penne e cogli occhi ancor chiusi, vengono nutrite nel nido dai loro genitori, finchè, coperte di piume, possono cominciare a far prova delle ali e trovarsi da sè il nutrimento che loro conviene. La madre dirige i primi loro passi e manda, per chiamarli, un grido particolare quando ha trovato del cibo. Se sono aggrediti, li difende valorosamente e fa mostra d'una meravigliosa accortezza.

Quando i piccini sono abbastanza forti per volar via, lasciano la famiglia e vanno a perdersi nel mondo, nel vasto mondo, dove, alla loro volta, diverranno anch'essi mariti e padri.

Io vorrei poter farvi vedere un nido non disegnato sulla carta, ma vero. Avreste di che rimaner sorpresi, ve lo dico io! Fino dal cominciar della primavera, gli uccellini raccolgono i materiali necessari alla fabbricazione della loro casina. Tutti portano il loro filo d'erba o il loro stelo di muschio. E bisogna vedere con qual maravigliosa maestrìa foggiano un cestino, lo nascondono in un cespuglio, lo appendono a un ramo e lo depongono sui cammini, contro i muri e contro i tetti.

E dire che ci sono dei bambini maligni, i quali si divertono a tormentare quei piccoli muratori, falegnami, tessitori, e rapiscono loro il frutto di tante cure, di tante trepidazioni! Io voglio molto bene ai fanciulli e sono indulgentissima per certe loro monellerie: ma quando ne commettono qualcuna, la quale sia indizio di perversità d'animo o di durezza di cuore, sono senza pietà e li punisco. Oh se li punisco!

C'è un bambino, laggiù in fondo, il quale mi chiede per la seconda volta se tutti gli uccelli volano. Eccomi a soddisfarti, amico mio. No, tutti gli uccelli non volano. Potrei, anzi, nominartene alcuni che per la struttura del loro corpo, non possono neanche inalzarsi da terra. Ma invece di sciorinarti una filza di nomi che presto dimenticheresti, mi limito a farti osservare il nostro gallo e la nostra gallina, i quali hanno abitudini terrestri.

Vi dirò anche che vi sono uccelli che vivono nell'acqua o in prossimìtà delle acque: le anatre, le oche, i cigni sono da annoverarsi tra questi.

Quando sarai più grandino, ti parleremo diffusamente di altri uccelli acquatici, fra i quali primeggia la *Fregata,* che ha un'apertura d'ali di circa tre metri. Vivono nei mari dei paesi caldissimi e stanno lontane perfino due o trecento leghe dalla terra. Quando scoppia una burrasca, s'inalzano molto al disopra della regione degli uragani, e aspettano, in quelle sfere altissime, che l'aria sia nuovamente tranquilla.

Fregata

I naviganti, colpiti dalla leggerezza del loro volo e dalle loro svelte forme, chiamano questi uccelli col nome di *Fregate*, per paragonarli alle più eleganti e veloci delle nostre navi da guerra. Mercè le loro immense ali, possono sostenersi giorni interi nell'aria, senza riposarsi un solo istante.

Osservate ora quest'altro uccello dal becco lungo, diritto e aguzzo; è una *Cicogna*; ha quasi un metro e venti centimetri di altezza e grandi ali robuste, le cui piume bianche hanno una specie d'orlatura nera. In generale queste bestie scelgono, per fabbricarsi il nido, luoghi più elevati: e siccome sono di natura molto socievole, così è frequente il caso di vederle stabilite, coi loro nati, sulla cima dei campanili e di altri edifizi.

Cicogna

Dotata di un'indole dolcissima, non è da maravigliarsi se la cicogna si affeziona all'uomo, al quale reca d'altra parte molti servigi, col distruggere parecchi animali nocivi all'agricoltura. E l'uomo la ricompensa dei suoi servigi, accordandole in ogni tempo aiuto e protezione.

Gru

Ecco un altro uccello, alto più d'un metro e mezzo, e dall'aspetto nobile e grazioso. Ha le piume del groppone mollemente ondeggianti e di un bel colore piombo cenere. È una *gru*. Questi animali, tenuti in grandissimo conto dagli antichi, i quali attribuivano loro virtù speciali, vivono nelle grandi pianure, interrotte da paludi e da frequenti corsi d'acqua. C'è chi si nutre della loro carne, ma è dura e tigliosa.

Struzzo

Osservate ora lo *struzzo*, il voracissimo struzzo, che è l'uccello più grosso che si conosca. È alto più di tre metri e pesa perfino cinquanta chilogrammi. Eppoi dovete pensare che un solo uovo di struzzo equivale a venticinque uova di gallina. Scusate se è poco! Le piume di quest'uccello sono molto accreditate presso le signore, che ne guarniscono cappelli e ventagli.

Lo struzzo, per la sua straordinaria robustezza reca molti servigi all'uomo, il quale se ne serve frequentemente per cavalcatura. Ricordatevi però che siffatti uccelli non sono dei nostri paesi, e che da noi un uomo non vorrebbe certo darsi in ispettacolo, cavalcando uno struzzo! E ora, accanto allo struzzo gigante, siate contenti ch'io v'accenni il piccolissimo *Colibrì*, ossia l'*uccellino mosca*. Pare impossibile, non è vero, che in un solo genere di animali, vi sieno tante prodigiose varietà di specie? E questa mirabile varietà d'organismi, di forme e di colori, che altro è, se non una splendida conferma dell'infinita sapienza di Dio, che si rivela in ogni opera della creazione?

L'uccello mosca! Ma è egli possibile immaginare, nel suo genere, una creaturina più leggiadra e più di questa perfetta, nella sua prodigiosa piccolezza?

Chi, se non un Divino Artefice, avrebbe potuto cospargere di tante fulgide gemme quei corpicciuoli delicati, che brillano nell'azzurro o si nascondono nel calice d'una rosa? E come se ne tengono della loro bellezza, i gentili animaletti! Si lisciano sempre le piume col becco e cercano di conservarne intatto lo splendore.

Colibrì

Vivaci oltre ogni dire e battaglieri, aggrediscono uccelli molto più grossi di loro, li tormentano, gli inseguono con persistenza, li minacciano negli occhi e riescono quasi sempre a metterli in fuga.

Aquila

Ma eccoci alla regina di tutti gli uccelli, alla terribile e maestosa *aquila*, i cui occhi, dicesi, sostengono, senza restarne abbagliati, lo splendore del sole. Dotata di una prodigiosa forza muscolare può lottare contro i più fieri uragani e varcare intere catene di monti con un camoscio o una pecora tra gli artigli.

L'aquila costruisce il nido nelle fratture di roccie inaccessibili, sul margine dei precipizi, in tutti quei luoghi, insomma, che l'istinto le suggerisce più acconci alla sicurezza dei suoi piccini.

Voracissima e crudele, essa non ha sdegnato neppure le vittime umane e spesso qualche innocente bambino è divenuto sua preda.

Nell'isola di Sike, in Scozia, una donna aveva lasciato in un campo un fanciulletto. Un'aquila prese il bambino cogli artigli, e attraversando un lago assai esteso, andò a deporlo sopra uno scoglio. Per fortuna, il rapitore fu veduto da alcuni pastori, che giunsero a tempo a salvare il fanciullo e riportarlo sano e salvo.

Ma basti di cose sì tristi. Gli animali obbediscono all'istinto, nè posseggono, come noi, quella guida preziosa che si chiama *la ragione*.

Io ho finito la mia lezioncina sugli uccelli, i quali oltre all'allegrarci col loro canto e colla loro bellezza, ci danno uno squisito nutrimento, piume meravigliose, utilità indiscutibili. Provatevi dunque a riandare quanto vi ho detto, e rispondete alle seguenti domande.

Ditemi il nome di dieci volatili.

Gli uccelli dalle piume splendide di dove ci vengono?

Che cosa potreste dirmi sul volo degli uccelli?

Se uno di voi diventasse un uccellino, dove vorrebbe volare?

Qual'è il volatore instancabile che non posa mai?

Ditemi il nome di qualche uccello cantatore.

Che cosa vi pare del canto degli uccelli?

Come si riproducono gli uccelli?

Che cosa fa la femmina degli uccelli, quando sta per diventar madre?

Ditemi qualche cosa sopra i nidi degli uccellini.

Tutti gli uccelli volano?

Qual'è il nome del volatile domestico che non vola?

Guardate il disegno che rappresenta la fregata e descrivetemela.

Descrivetemi la cicogna o ditemi qualche cosa delle sue abitudini.

Descrivetemi la gru e lo struzzo.

Parlatemi dell'uccellino mosca.

Per tre soldi!

Enrico voleva un gran bene alla sua mamma e avrebbe dato qualunque cosa per non sentirla tossire a quel modo.

—Perchè non ti compri le pasticche? le diceva: Perchè non prendi un po' di latte caldo, la sera, avanti di andare a letto? Perchè non cerchi di assuefarti all'olio di merluzzo? Anche la signora Maestra è guarita con l'olio di merluzzo.—

La mamma sorrideva e lo lasciava dire. Gli è che la povera donna, per la gran miseria, non aveva modo di curarsi, e se dopo aver pensato al pane e alla minestra, le rimaneva qualche centesimo, bisognava che lo serbasse per comprare i quaderni e i libri del bambino. Era tanto istruito quel ragazzo! Leggeva corrente in qualunque libro e perfino nello scritto era sempre il primo lui!

—È una tosse d'infreddatura, rispondeva la buona donna, passerà da sè. Io, intanto, non mi voglio intrugliare colle medicine.—

Enrico non era persuaso di quelle ragioni e cominciò a sospettare il vero. Già un bambino che legge in tutti i libri, sa anche leggere nel cuore della mamma, non vi pare?

Pensa e ripensa, gli venne un'idea, un'idea buona. La mamma gli dava tutte le mattine due centesimi per il companatico della merenda: se li mettesse da parte per sette o otto giorni, non sarebbe in grado di comprargliele lui le medicine? Con tre soldi si può scegliere!

Ecco perchè il nostro amico, dopo qualche giorno di questa risoluzione, uscì di casa tutto contento. Baciò la mamma e quando fu in fondo alla scala, le disse con una certa importanza:—Riguardati!—

Coi suoi tre soldi strinti nella manina destra, entrò nella farmacia più vicina e fattosi avanti con una tal qual dignità, disse allo speziale che era al banco:

—Vorrei una medicina per la mamma, che ha la tosse!

—Ce ne sono tante delle medicine! osservò il farmacista. Che cosa vuoi? polveri del Dower, pasticche di catrame, olio di merluzzo?

—Piglierò l'olio di merluzzo, rispose subito il bambino, pensando alla guarigione della maestra. Me ne dia una boccetta.

 Vorrei una medicina per la mamma, che ha la tosse!

—La vuoi piccola o grande?

—Grande, molto grande!

—Eccotela. Una lira e cinquanta!

Il bambino guardò stupefatto prima il farmacista, poi l'olio di merluzzo, poi un dottore che stava lì accanto al banco leggendo il giornale; e aprendo timidamente la manina balbettò:

—Ci ho tre soldi, interi!

Tanto il dottore che lo speziale, dettero in uno scoppio di risa e quest'ultimo fece l'atto di ripigliar la boccetta. Ma Enrico, piangendo a calde lacrime:

—Mi faccia il piacere di lasciarmela, supplicò, gliela pagherò a un po' per giorno, coi centesimi della merenda. Se sapesse quanto tosse la povera mamma! Sono un bambino per bene!—

Il farmacista gli pose tra le mani la boccetta e gli fece segna di andarsene, cosa che il ragazzo non si fece ripeter due volte: poi il degno uomo si chinò sotto il banco a raccattar della roba che non c'era. E il dottore? Oh il dottore aveva il viso interamente nascosto da quel suo gran giornalone.

Quei due uomini erano due babbi.

La storia d'un grappolo d'uva.

Guardate, bambini, questo bel grappolo d'uva! Io lo serbo, non già a chi sarà più buono, poichè la bontà trova in sè stessa il proprio premio, ma a chi sarà più attento a questa lezioncina. E lo stare attenti non è difficile, specialmente quando in una lezione entrano in ballo delle cose così buone.

—Prima di tutto ditemi di che colore è quest'uva?

—Codest'uva è bianca.

—È vero. Ma tutta l'uva non è bianca. Ce n'è della nera, della rossiccia, della verdastra. E col colore diverso prende anche un nome diverso: Così c'è l'uva salamanna, l'uva moscatella, l'uva malaga, ecc. Se io vi domandassi come si chiama la pianta che da l'uva, che cosa mi rispondereste?

—Si chiama la vite.

—Ma bravi! La vite, dunque, ci dà l'uva. E l'uva, ditemi, ci serve solamente per frutta?

—No, signora. L'uva ci dà anche il vino.

—Mi accorgo di aver che fare con dei bambini che la sanno lunga, forse più lunga di me, e proseguirò senza fare altre interrogazioni.

Quest'uva dolce, saporita, che mangiamo tanto volentieri col pane, non è un frutto *unico* come sarebbe una pera o una pesca. È composta di una certa quantità di *chicchi* riuniti sul prolungamento d'uno stelo della pianta, e forma il così detto *grappolo*.

Ogni chicco d'uva è ricoperto da una pellolina sottile che impedisce al sugo di sgocciolar fuori. Esso contiene dei *fiocini* o semi che, nascosti nel terreno, riprodurrebbero la pianta che ci da l'uva e che si chiama *vite*.

Ma la vite non si riproduce col mezzo della sementa. Le ci vorrebbe troppo tempo prima di dar dei frutti. Ecco come si fa: si stende sul terreno un ramo di vite, senza staccarlo dal tronco o *ceppo*, e si lascia l'estremità di questo ramo esposto all'aria e alla luce. Ben presto sulla parte del ramo nascosto nel terreno germogliano alcune radici e formano un nuovo *ceppo di vite*.

La vite è una specie d'arbusto tortuoso, la cui scorza è ruvida e filamentosa: i suoi rami, lunghi e flessibili, ove fossero abbandonati a sè stessi, serpeggerebbero sul terreno: ma l'agricoltore li assicura lungo i muri o li raccomanda agli alberi, in modo che la vite possa allacciarsi ai loro rami e formarvi graziose ghirlande di pàmpani e di grappoli. La vite, lasciata crescere, forma le così dette pergole o pergolati, la cui ombra ci difende, nei giardini, dalle carezze troppo vive del sole.

Quasi sempre la vite è coltivata su terreni speciali, i quali prendono il nome di *vigne* o *vigneti*: e il ceppo è sostenuto da un *palo*.

In autunno l'uva è matura: allora si procede alla *vendemmia*, cioè alla raccolta dell'uva.

L'uva è versata in capaci *tini*, dove viene *pigiata*, affinchè possa versare il sugo, il quale scola da una piccola apertura, praticata in fondo al tino. Allora viene travasato in altri grandi tini, dove si riscalda da sè fino a bollire. E questa ebollizione naturale si chiama *fermento*.

Un grappolo d'uva

Fermentando, il sugo della vite cambia sapore e qualità. Era dolce: il fermento ha cambiato la sua dolcezza in forza, il suo zucchero in *alcool*. Eccolo diventato *vino*, quel vino che bevuto moderatamente, è la vigoria dei giovani, il balsamo dei vecchi, la salute di tutti; ma che, preso al di là del bisogno, *ubriaca* e fa perder la ragione.

Bisogna dunque, saviamente *usare* dei doni di Dio: ma *abusarne*, mai!

* * *

E ora io mi trovo in un bell'imbroglio. Ho promesso il grappolo d'uva al bambino più attento. E tutti siete stati attenti. Dividere il grappolo in trenta parti non è possibile. Ne toccherebbe appena un chicco per uno. Dunque? Ma perchè Gino si alza? Vuol farmi una proposta? La faccia!

—Signora, c'è di là la povera custode della scuola, che ha la bambina malata. Vogliamo mandarglielo a lei?...

La seggiolina.

(*Ricordi di un bambino*).

La signora Leonarda con quel suo fare sostenuto mi faceva rabbia e io non la potevo soffrire. Tutti i miei compagni avevano una maestra giovane, bella, vestita bene, che sorrideva spesso, che regalava loro delle stampe o del soldatini. E a me, invece, la vecchia signora non usava che sgarbi e modi arcigni. È vero che a quei tempi ero un vero monello, senz'altra voglia addosso che quella di giocare a nocìno o di fare alla palla coi quaderni. Ma nonostante avrei preso di essere trattato meglio. Erano sempre gastighi, minaccie e scappellotti. Una volta sola, l'unica! che nel fare il chiasso m'ero quasi levato un occhio, la vidi agitata, piangente, starei per dire carezzevole. Mi prese sulle ginocchia brontolando e mi fasciò l'occhio sciupato. Io, intanto, da quello buono, vidi benissimo che le tremavano forte le mani.

Saranno state idee, ma quel tremolìo mi fece impressione, tanta impressione, che d'allora in poi mi messi in testa d'esser buono. Cominciai a tener di conto dei quaderni, a stare attento alle lezioni e infatti nella prima *dettatura* feci quindici sbagli solamente.

La signora Leonarda mi prese subito a ben volere, e una volta che venne nella scuola un signore tutto vestito di nero, mi fece alzare e gli disse delle parole in un orecchio. Il signore mi accarezzò e mi dette un bacio. Che cosa gli avrà mai detto?

Intanto la signora Leonarda si ammalò, chi diceva di stenti, chi di vecchiaia. La mamma, un lunedì mi mandò a riprender la seggiolina per mettermi in un'altra scuola. Ci andai tutto allegro, perchè l'idea di mutare mi ha dato sempre un gran gusto.

Entrai nella scuola, dove avevo fatto tante birichinate, dov'ero stato sgridato, gastigato tante volte. Era vuota. Il sole entrava allegramente dal finestrone spalancato e tracciava larghe striscie d'oro sull'ammattonato rosso. Io presi la mia seggiolina e mi avviai all'uscio. A un tratto sentii come un gemito nella stanza accanto: era la voce della signora Leonarda che chiedeva da bere.

—O che l'hanno lasciata sola? dissi fra me. E senza stare a pensarci sopra, entrai in camera.

Era sola, infatti, la povera vecchia maestra. Mi avvicinai al suo letto in punta di piedi, e agguantato il bicchiere sul comodino, glie lo porsi.

Bevve avidamente fino all'ultimo sorso e ricadde sul guanciale senza riconoscermi.

In quel mentre entrò la donna che la custodiva. Io, non avendo più nulla che fare, uscii. Quando fui per la strada, colla mia seggiolina in braccio, mi parve che il cielo si fosse rannuvolato. Ma era sereno. Gli è ch'io lo guardavo a traverso le lacrime.

Le olive.

Lo vedete questo ramoscello adorno di foglie biancastre e carico di piccoli frutti ovali, d'un verde cupo? È un ramoscello d'olivo.

Proviamoci ad assaggiare una di queste olive. Dio, come sono amare! Non hanno certo il sapore di quelle belle olive che si mangiano col pane. Gli è che le prime sono *naturali* e le seconde sono state conservate in *salamoia* cioè nell'acqua salata, la quale ha tolto loro quel sapore amaro che le olive prendono maturando.

L'ulivo, chiamato dai nostri padri il *re degli alberi*, è una grande risorsa pei paesi del mezzogiorno. Dove il clima è rigido e freddo, l'olivo non attecchisce, e per renderlo fecondo sarebbe necessario ripararlo dalle inclemenze della stagione. L'olivo si riproduce in più modi, ma il più semplice è quello di seminar sul terreno dei noccioli d'oliva. E quanto tempo deve scorrere prima che quel nocciolo nascosto sotto terra ci dia le anfore di olio finissimo o anche le olive da mettersi sotto sale! È anche da osservare che essendo il legno del nocciolo estremamente duro, bisogna, prima di riporlo nella terra, schiacciarlo; e aver molta cura di non offendere la mandorletta o germe, il quale, trovandosi a contatto immediato col terreno, avrà uno sviluppo più facile e più pronto. Gli olivi seminati così, cominciano a venir fuori dopo due anni.

La raccolta delle olive si fa ordinariamente in novembre e dicembre: se l'albero non è alto, si colgono le olive con la mano: ma se i suoi rami sono molto elevati, si *abbacchia* come si pratica con le noci e i castagni.

Tutto il lavoro non è però finito con la raccolta. Le ulive vengono schiacciate nel *frantoio* e il primo olio che da esse è spremuto si chiama *olio vergine*. Dalla pasta di quelle ulive medesime si ottiene quindi l'olio comune e, gradatamente, quello di qualità inferiore.

L'olio si conserva nei barili o in grandi vasi di terra verniciata, detti *damigiane*. Gli ulivi hanno un anno di abbondanza su tre o quattro di sterilità, e perciò, tirando la media delle buone e cattive raccolte, si è potuto stabilire che un olivo produca quattro o cinque chilogrammi d'olio l'anno.

E questo ramo di agricoltura esige, oltre al lavoro e alla vigilanza, grandi tesori di pazienza e di tempo, poichè un olivo non è produttivo che verso i sei o sett'anni.

L'olivo è stato, fino dai tempi più remoti, il simbolo di sentimenti nobili e virtuosi. I Greci antichi pretendevano di averlo avuto da Minerva, dea della saviezza, e non ne permettevano la coltivazione che a persone onorevoli e della più specchiata probità.

Ricordate, nella storia di Noè, il ramoscello d'olivo portato dalla colomba?

E anche ai nostri giorni, non veneriamo forse l'olivo come un simbolo di pace e d'abbondanza?

Come sono le foglie e i frutti dell'olivo?

Dove cresce l'olivo?

Come si semina?

Come si raccolgono le olive?

Come si estrae l'olio dalle olive?

Quali pensieri ha ispirato l'olivo ai nostri padri?

Ombrello ridicolo.

C'era una volta una bella bambina che si chiamava Livia: questa Livia stava un giorno alla finestra, aspettando una comitiva di bambine, che dovevano venir da lei a fare i balocchi. C'erano state anche la domenica avanti e s'erano tutte divertite a correr nel giardino, a ballare sul prato, a fare alle signore nei boschetti. Tutto questo però non era nulla in confronto di quello che avevano fissato di fare la domenica dopo.

La domenica era venuta, ma le amiche si facevano desiderare. Come mai? Gli è che la prima volta era stato bel tempo: il sole splendeva in un cielo senza nuvole e un leggiero ventolino ne temperava l'ardore: quel giorno, invece, il cielo era bigio e l'acqua veniva giù a catinelle.

Oh benedetto sole! Perchè rimpiattarsi, quando vi sono tante bambine che ti invocano?

È vero, peraltro, che il sole brilla sempre, senza spengersi mai. Ma di quando in quando ce lo nascondono a noi quei grossi nuvoloni e vapori, che si sciolgono in acqua.

E allora non bisogna più fare i balocchi nel giardino: la terra è fradicia, fangosa, piena di pozzanghere: ci sarebbe il caso di prendere un reuma o un'infreddatura, e queste cose non piacciono molto alle bambine di giudizio.

Quando piove, bisogna rassegnarsi a fare il chiasso in una stanza: non c'è tanto posto quanto in un giardino, ma quando ci troviamo in buona compagnia, non è poi un gran male a stare un po' più vicini gli uni agli altri, non vi pare?

Eppure le amiche della Livia davano a credere di amare più il giardino che non la padroncina, la quale aveva un bell'allungare il collo fuori della finestra. Le bambine non si vedevano. Che le loro mamme non volessero farle uscire a quel tempaccio? Poteva anche darsi e in questo caso non c'era da ripigliarsela con nessuno.

Livia, tanto per ingannare il tempo, prese un libro e si provò a leggere. Ma quando non si ha la testa lì, impossibile di capire una sola parola: ella vide soltanto che in quella pagina l'argomento si aggirava sugli ombrelli da acqua.

La bambina posò il libro e si mise a guardar quelli che passavano dalla strada. Ce ne erano di tutti i colori e di tutte le forme.

La Livia ne aveva uno bellino, di seta scura, che poteva servire da sole e da acqua; ciò che i francesi chiamano un *en-tous-cas* (*in ogni caso*). Sapeva che l'ombrello è una specie di tenda di seta o di cotone, arrotondata in fondo, sostenuta in alto da un *manico* che si tiene in mano, e raccomandata a questo manico da otto o nove *stecche* che la sostengono.

Dicendo che questa tenda è arrotondata, intendo per la forma generale, poichè essendo la stoffa ben tirata sopra ogni stecca, ne viene che il limite estremo dell'ombrello forma come un festone con tante punte, quante sono le stecche. E siccome queste stecche, le quali possono esser di balena, di ferro e anche di legno, hanno una certa flessibilità, così l'ombrello, quand'è aperto, forma una specie di cupola.

La Livia aveva notato soprattutto le due molle fissate lungo il manico, e per mezzo delle quali l'ombrello si apre e si chiude: anzi le era spesso accaduto, aprendo con poca attenzione l'ombrello della mamma, di farsi male ai diti.

Quello che la nostra bambina non aveva mai osservato, si era la curiosa processione d'ombrelli che sfilava sotto la sua finestra.

Quella vista valse a farle passar la noia e a disporla all'indulgenza verso le piccole infedeli.

Pioveva sempre. Passò un giovinetto coll'ombrello chiuso e un libro aperto tra le mani: questo giovinetto aveva una fisonomia lieta, piacevole, tutta assorta nella lettura.

—Oh l'imprudente! pensò la Livia: te ne avvedrai di quel che succede quando si cammina senza badare dove si mettono i piedi!

Infatti, dopo pochi passi, una grondaia in rovina amministrò al povero scolaro un battesimo sì abbondante, che gli fu giocoforza pensare alla pioggia.

Dopo, passò una signora vestita elegantemente ma con l'ombrello spuntato e poco decente.

—Oh signora! pensò di nuovo la Lidia, codesto ombrello non corrisponde ai suoi nastri svolazzanti: prima bisogna pensare alle cose necessarie, poi a quelle superflue: e perchè lo tiene spuntato? Non ci ha aghi e refe a casa sua?

Un uomo sulla sessantina svoltò la cantonata ed entrò nella strada; aveva l'ombrello aperto, ma lo teneva appoggiato sulla spalla, con un certo fare incurante, che l'acqua gli schizzava tutta sul viso. Quel viso era dolce ma grave e pensoso: doveva essere qualche scienziato.

—Povero dotto, pensò ancora la Livia, perchè imiti quel filosofo dell'antichità, il quale per istudiare il cielo, non vide la buca, entro la quale poco mancò non si fiaccasse il collo?

Finalmente la Lidia, scorse una bambinuccia di otto o nove anni, che camminava, interamente nascosta da un immenso ombrello d'incerato. Era un ombrello scolorito, vecchio, goffo, ridicolo, un di quegli ombrelloni che si vedono talvolta a qualche vecchio e buon prete campagnuolo.

La Livia, a quella vista, si ebbe a sbellicar dalle risa. Era tanto grande, tanto grande, che pareva camminar solo, con l'aiuto di due piedini mal calzati, di cui la nostra curiosetta non poteva scorger che le punte.

Là vicino ci erano gli asili infantili. L'ombrellone entrò nella scuola e subito dopo ne uscì proteggendo una vera nidiata di creaturine piccine, che la sorella maggiore era andata a prendere. Quell'ombrellone rassomigliava a una grossa chioccia, che si sforzasse di proteggere dalla pioggia la sua covata di pulcini.

E la Lidia non rise più. L'ombrellone d'incerato diventava bello, aveva diritto a tutta la sua stima. E quando la bambina udì gli scoppi di risa che uscivano da quell'enorme tendone, non potè stare alle mosse e gli buttò un bacio.

Dopo, richiuse la finestra; e quando il sole tornò a brillare sui tegoli lucenti dei tetti e fra le screpolature del vecchio campanile, una fragorosa scampanellata annunziò a Lidia i suoi ospiti.

Insetti.

Questo nome vi metterà forse di cattivo umore, perchè vi darà a supporre ch'io abbia intenzione di venirvi fuori con qualcuna di quelle parolone noiose che fanno spesso pigliare in uggia ai ragazzi la scuola, i libri e qualche volta anche la maestra. Ma mettete l'animo in pace. Io, quando sono in mezzo a voi, non so pensare che a delle cose carine e divertenti.

Questa parola *insetti* non vi deve quindi spaventare. Ditemi, vi piacciono le farfalle, quelle belle farfalle bianche, rosse, azzurre, dorate, che svolazzano sui fiori e ne succiano il miele? Vi siete mai divertiti a correr loro dietro? Ne avete mai acchiappate? Avete mai posto mente alle loro belle ali variopinte, al loro corpicino esile e delicato? Quelle farfalle sono *insetti*, ossia appartengono a un genere di animaletti chiamati *insetti*.

Insetti

Gl'insetti sono molti: rifacciamoci dal nominare i più comuni, i più conosciuti: le mosche, le formiche, le vespe, le zanzare, le pulci, ecc.

Quasi tutti questi animalini sono provvisti di sei zampette articolate e portano sul capo due antenne, che essi piegano e muovono a piacere. Ma vi voglio dare intorno ad essi delle notizie curiose che non possono fare a meno di divertirvi. Quando guardate qualche bella farfalla o qualche moscone, dall'ali scintillanti, dal volo rapidissimo, crederete certo che quella e questo sieno venuti al mondo a quel modo, cioè colle ali, colle antenne, e le zampettine, non è vero? Ebbene, qui sta l'errore.

Gl'insetti si riproducono per mezzo delle uova, e da queste si sviluppa da principio un bacherozzolo press'a poco eguale a quelli che troviamo pei campi o dentro ai frutti andati a male. Questi vermiciattoli che gli uomini dotti chiamono *larve*, si mostrano vivaci e voracissimi: crescono rapidamente, mutano la pelle parecchie volte, finchè non sono sufficientemente sviluppati. Dopo essere stato larva per un dato tempo, l'insetto fa un altro mutamento; smette di mangiare, di muoversi e muta forma. Allora intorno al suo corpicino si va formando una specie di scorza o involucro, dove egli riposa come dentro una scatola; e spesso, oltre a questo involucro, c'è un guscio particolare che l'insetto fabbrica da sè. E l'insetto viene allora battezzato dai dotti con un altro nome: cioè *crisalide*. E quando la *crisalide* è diventata un insetto perfetto, allora fende il guscio e esce all'aperto a prendersi la sua parte d'aria e di sole.

Da ciò vedete che prima di divenir farfalla, mosca, o, in una parola, *insetto perfetto*, il nostro animalino dev'esser *uovo, larva* e *crisalide*. Spero che non dimenticherete queste piccole notizie, le quali vi gioveranno non poco, quando intraprenderete degli studi più importanti.

Dianzi parlandovi delle vespe, vi ho taciuto il nome di una specie di vespa, dalla quale l'uomo ritrae grandi vantaggi: intendo parlare dell'ape. Ne avete mai vedute?

Quando questi animalini si sono riuniti in un dato numero, ossia hanno formato uno *sciame*, scelgono, per stabilirvi la loro dimora, un luogo oscuro, caldo e asciutto, o nella cavità d'un albero o in una spaccatura di roccia. Trovato il luogo adattato, che noi chiamiamo *alveare*, le api si mettono subito al lavoro: cominciano a ripulirlo da ogni immondizia e quindi, con una materia che esse stesse fabbricano, turano ogni buco, ogni apertura, lasciandone una sola per l'entrata e per l'uscita. Nell'interno della loro casina o alveare, costruiscono quindi un numero determinato di cellette a sei angoli, ossia *esagone*, dove ripongono il miele e la cera che esse succhiano dai fiori.

Voi tutti conoscete la cera, la quale serve a tante applicazioni di medicina, di arti e mestieri, e illumina sì splendidamente le nostre chiese e le nostre sale: avrete anche assaggiato il miele, il dolcissimo miele: ma forse non avete saputo fin qui il nome dell'industre animaletto che ci procura questi tesori, ed è tenuto meritamente come simbolo d'operosità e di previdenza.

Nè, parlando degl'insetti, sarebbe bene tacervi il nome del *filugello* o baco da seta, la sola farfalla veramente utile all'uomo, il quale ritrae da essa lo splendido filo di seta che, tessuto, si trasforma in quelle ammirabili stoffe che si chiamano *velluto, raso, faille, moarè*, ecc.

Questa farfalla è originaria di un paese molto lontano da noi, che si trova nell'Asia e si chiama *Cina* o *China*, ma ora è diffusa in tutta l'Europa. L'allevamento de' bachi da seta è sempre stato ed è tuttavia sorgente di molti guadagni in chi lo intraprende: esige però molte cure e molta pazienza.

Che ve ne pare, figliuoli, di questa lezioncina? L'avete trovata troppo lunga, troppo noiosa, troppo difficile? E vi sentireste in grado di risponder per benino alle seguenti domande?

Ditemi il nome di sei insetti, tra quelli che vi sono più famigliari.

Come si riproducono gl'insetti? Da quanti stati passano prima di diventare tali quali li vedete?

Ditemi, qualche cosa sull'ape: a quale altro insetto somiglia? Che nome prende una riunione d'api? Come si chiama il luogo dove le api fissano la loro dimora? Che ci danno le api?

Che cosa ci dà il filugello? Di dove ci viene?

Vestito bianco.

Me ne ricordo: glie lo aveva ricamato la mamma nelle lunghe sere d'inverno, quando il babbo era in convalescenza di quella lunga, disperata bronchite. Il pover'uomo, tutto rinvoltato nel suo mantello bigio, leggeva lentamente, spiegandocele, alcune delle più divertenti favolette del Clasio, e io colla mia storia sacra sotto gli occhi, un po' mi commovevo sui casi pietosi delle pecorine, un po' riflettevo all'ingordigia di quel bighellone d'Esaù, che per un piatto di lenti aveva venduto il diritto di primogenitura.

Lui, il biondino, al quale era destinato il vestito bianco, se ne stava seduto comodamente sul seggiolotto e si divertiva a far fare il mulinello a un grosso bottone, infilato in una gugliata di refe. Gira, gira e gira, il bottone finiva sempre collo schizzargli nel naso e allora erano pianti, guai, disperazioni.

Il babbo, indispettito buttava in un canto il Clasio, la mamma pigliava in collo il bambino, e io profittava sempre di quella confusione, per chiuder la storia sacra e riporla nel cantuccio più buio del salotto.

    * * *

Lo rinnovò per il *Corpus-Domini*, per il Corpus-Domini di prima, quando le strade erano seminate di lauro, le finestre inondate dal sole di maggio e le campane di Santa Croce annunziavano la festa del Signore. Lo vedo sempre, esile, grazioso, elegante, coi piedini irrequieti, calzati da due microscopiche scarpette di pelle lustra, col cappellino di paglia di Firenze, dalla tesa rialzata, dai bianchi nastri svolazzanti.

E la mamma! Come se ne teneva di quella creaturina! Quando qualcuno si soffermava a guardarla, la povera donna diventava rossa come una viola e sorrideva. Avrebbe sorriso a tutti, anche a un malfattore.

* * *

Sono passati tanti, tanti anni! Il babbo non legge più il Clasio e il posto di Guido è vuoto. Per un tacito accordo, il suo nome non è mai pronunziato.

Spesso la mamma interrompe il suo eterno lavoro a maglia e dice:

—Dovresti divagarti, Gemma... andare al teatro...

—Il mio posto è accanto a te, rispondo e li.—Parliamo pochissimo, ma c'intendiamo sempre.

Una sera, la pigionale del secondo piano venne a raccontarci il fatto d'un giovinetto discolo che sedotto da perfidi amici, aveva lasciato la casa paterna e, come Guido, se n'era fuggito lontano lontano, al di là dei monti.

La mamma faceva sforzi inauditi per non piangere e ci riuscì. Ma quando la pigionale ci ebbe lasciate, si alzò e andò in camera. Io le corsi dietro. Sapevo pur troppo quel che andava a fare. Aprì l'armadio e da un involto che sapeva di tanfo, tirò fuori un vestitino bianco, ingiallito dal tempo. Io nascosi il viso tra le mani e la mamma balbettò, piangendo dirottamente:

—Oh Guido, Guidino, perchè non sei morto?

* * *

Prima di andare a letto, pregai. Pregai per tutti i figliuoli buoni che sono, come voi, la gioia delle loro famiglie. Poi ripensai a Guido piccino, al suo vestitino bianco, immacolato, e pregai il Signore anche per lui.

Il primo lavoro della Gemma.

La Gemma aveva messo da parte nientemeno che settantacinque centesimi; e con settantacinque centesimi si possono fare dimolte cose: si può comprare una bambola quasi vestita, un anellino quasi d'oro, un vezzo di perle quasi buone, o se no, un mezzo chilogrammo di biscottini.

Ma la Gemma aveva un'altra idea: voleva fare un regalo alla mamma e non sapeva proprio dove battersi il capo. Pensa e ripensa, si decise di confidarsi con la sua maestra. E questo è il partito più savio al quale possa appigliarsi una bambina imbarazzata.

La Gemma avrebbe voluto comprar tutto Firenze, e se tutto Firenze non c'entrava, si sarebbe contentata di una bella pelliccia di martora, col manicotto eguale. Ma la signora maestra che era una signorina di giudizio, fece osservare alla fanciulla, che con settantacinque centesimi non si compra neanche la fodera del manicotto.

—O allora?—fece la Gemma sgomenta.—Capirà, signorina, che io non posso regalare alla mamma una trombettina o una palla di gomma elastica!

—È vero anche codesto, rispose la maestra sopra pensiero. Poi, a un tratto, come colpita da un'idea improvvisa:

—Perchè, ora che sai far la maglia discretamente, non le regali un paio di calze, fatte con le tue mani?

—Un paio di calze! ripetè la Gemma, allungando, il labbro di sotto con un visibile segno di disgusto.—Non le pare un regalo troppo...troppo rozzo?

—No, rispose con serietà la maestra, no, fanciulla mia: quando un regalo, per modesto che sia, è offerto col cuore, non c'è rozzezza che tenga. Eppoi s'io fossi una mamma, preferirei che la mia figliuola, prima di applicarsi a dei gingilli eleganti ma inutili, si addestrasse nei lavori necessari.

—Facciamo dunque le calze! disse la Gemma, che poi in fondo era una bambina assai docile. Crede però che i soldi sieno sufficienti?

—Mi pare. Cinque once di cotone a quindici centesimi l'oncia, fanno per l'appunto settantacinque centesimi.

La Gemma battè le mani della contentezza e fece subito comprare il cotone.

La maestra le avviò la prima calza, le scrisse sopra un pezzetto di foglio le regole da osservarsi, e così la Gemma potè, a tempo avanzato, finire il suo lavorino.

Non è a dire se la mamma lo gradisse. Alcuni parenti le regalarono, per la sua festa, molte belle cose, fra le quali una pelliccia di martora col manicotto eguale. Ma nessun dono fu più caro alla mamma di quello al quale aveva lavorato la diletta sua figliuolina.

* * *

Ditemi un po', fanciulle: se io vi ricopiassi, qui sul libro, le regole date alla Gemma dalla maestra, non farei una cosa santa?

Io vedo già parecchie bambine che vanno dal merciaio a comprare... Basta! Non voglio essere indiscreta. So però di certo che questo raccontino vedrà fare molte paia di calze.

Ecco le regole:

«Prendendo del cotone inglese del numero 10, sarà necessario avviar la calza di 152 maglie.

«Si faranno 30 giri a 2 maglie diritte e a 2 maglie rovescie, alternativamente, per formare sul principio della calza una specie di elastico, che abbracci la gamba al disopra del ginocchio, onde il lembo superiore della calza non s'arrovesci, nè s'incartocci. Poi si fanno le maglie tutte diritte, meno la riga dei *rovescini* (costura della calza) per formare la quale bisogna fare una maglia rovescia ogni due giri, ma sempre sulla stessa riga.

«Fatti 60 rovescini, avremo circa 20 centimetri di calza, pezzo che cuopre il ginocchio e arriva al polpaccio della gamba: s'incomincia poi a stringere, calando 2 maglie, una per parte della costura, avvertendo di fare una maglia fra lo stretto e il rovescino; poi si fanno 5 rovescini e si stringe di nuovo, e così per 5 volte, di modo che dopo 25 rovescini, si avranno di meno 12 maglie comprese le prime 2, strette dopo i 60 rovescini; indi si stringe per otto volte ogni 4 rovescini, e faranno 28 maglie di meno: poi ogni 3 rovescini per 6 volte, ed avremo 40 maglie di meno: e per ultimo ogni 4 rovescini per 5 volte, e in tutto saranno 50 maglie di meno, il terzo cioè delle maglie dell'avviatura della calza, per cui rimarranno 102 maglie.

«Ora si ha coperto il polpaccio della gamba e si è al collo del piede, pel quale si fanno 30 rovescini prima di dividere le maglie per fare la staffa.

«Qui per tenere una regola approssimativa, che può servire di norma anche per le calze di filo più grosso (per esempio di lana), o di filo più fino, per le quali occorrerebbe un minore, o maggior numero di maglie, faccio la somma dei diversi rovescini fatti lungo la calza.

Principio dalla calza che forma l'elastico, giri 30 rovescini 15 Prima di stringere rovescini 60 Nel primo ordine di stretti, ogni 5 rovescini per 5 volte rovescini 25 Nel secondo ordine di stretti, ogni 4 rovescini per 8 volte rovescini 32 Nel terzo ordine di stretti, ogni 3 rovescini per 6 volte rovescini 18 Nel quarto ordine di stretti, ogni 4 rovescini per 5 volte rovescini 20 Pel collo del piede rovescini 30 In tutto rovescini 200   «Dunque il numero dei rovescini lungo la calza è un terzo più del numero delle maglie dell'avviatura, ed il numero totale degli stretti (vedi sopra) è il terzo delle maglie dell'avviatura.

«Le 102 maglie rimaste si dividono nel seguente modo: 47, cioè 23 per parte della costura su due ferri per la staffa posteriore, e le altre 55 maglie si lasciano sugli altri due ferri per la staffa anteriore. La costura deve continuare sino alla fine del pedule.

«S'incomincia dalla staffa posteriore che, dovendosi eseguire con soli due ferri, si dovrà lavorare un ferro a diritto, e un ferro a rovescio, onde conservare il diritto e il rovescio della calza.

Notisi però, che al principio ed alla fine dei ferri lavorati a rovescio, bisognerà fare 2 maglie diritte le quali formeranno altre due righe di rovescini per ornamento alla staffa. Di questi rovescini se ne faranno 23, poichè tante sono le maglie ai lati della costura, altrettanti dovranno essere i rovescini.

«Ora le 47 maglie bisognerà dividerle per fare il calcagno del pedule. Si dovranno tenere nel mezzo 27 maglie, cioè 13 per parte della costura e rimarranno 10 maglie per ciascun lato, le quali verranno strette una per volta coll'ultima maglia alla fine di ciascun ferro del calcagno, che si farà lavorando le 27 maglie.

«Fatti 10 rovescini, o venti ferri, chè tanti ne occorrono onde stringere le 10 maglie ai lati, si prenderanno sui ferri, come altrettante maglie, i 23 rovescini che si sono fatti ai lati della staffa, e con questi avremo in seguito i gheroncini, che dividono la staffa di dietro da quella davanti. Anzi siccome i gheroncini facilmente scarseggiano, così sarà bene nel prendere i 23 rovescini, crescere una maglia ogni 7 e ridurle a 26. Ora dobbiamo ancora riunire i quattro ferri della calza e lavorarla in tondo.

«Avremo dunque le maglie 55 lasciate per la staffa davanti, le 26 prese da un lato della staffa di dietro, le 27 del calcagno, le altre 26 della staffa posteriore, in tutto 134.

«Ora devesi osservare che le 26 maglie sono la base dei gheroncini, i quali si formano restringendo un punto ogni due giri di calza a ciascun lato della staffa davanti, che si va formando col progredir del lavoro. Avvertasi anche che per dare una bella forma al pedule, allorchè si saranno calati 15 punti da ciascun lato ai gheroncini, invece di stringere ogni 2 giri, si potrà stringere ogni 3 e così finchè si sono strette 25 maglie per completare i gheroncini, lasciando per il cappelletto 84 maglie che si lavorano senza interruzione sempre in tondo, e sempre conservando la riga dei rovescini sino alla punta della calza, per arrivare alla quale si faranno 36 rovescini, più o meno, secondo la lunghezza del piede.

«Per fare la punta della calza, ognuna ha un uso proprio, ma per finire la mia, ne darò uno, che parmi assai semplice.

«Dopo la riga dei rovescini, che qui cessa, si fa una maglia, poi si stringe una prima maglia, se ne fa un'altra, poi si stringe una seconda maglia; indi se ne fa un altra e si stringe una terza maglia. Abbiamo strette tre maglie, facendone sempre una fra uno stretto e l'altro. Si compie il giro, e giunti agli stretti si passa avanti sorpassandoli d'una maglia, indi si stringe per 3 volte, facendo sempre una maglia fra uno stretto e l'altro, come al giro antecedente, e così di seguito, fino a che si hanno 9 maglie sui ferri che si stringono tutte in una volta.

Il corredino della bambola.

La Sofia e la Matilde non poterono, per quel giorno, andar nel giardino a saltar sulla fune. Pioveva; e quando piove, il partito più savio per una bambina è quello di starsene in casa a fare i balocchi.

La mamma aveva messo a disposizione delle due sorelline un bel pezzo di tela, una matassa di cotone, dei ferri di calza, un uncinetto, del nastro bianco, del cordoncino, alcune striscie di stoffa e l'occorrente per cucire.

Pensarono di fare un po' di corredino alla bambola, alla bambola nuova, che doveva patire un gran freddo nella sua vesticciuola di tarlantana rossa, a picchiolini d'oro.

—Ci rifaremo dalla camicia, disse la Sofia. Mentre tu taglierai i *gheroni* e gli attaccherai al *corpo*, io taglierò lo *sprone* e le *maniche*.

—Dobbiamo guarnirgliela? chiese la Matilde.

—Sicuro. Adopreremo questo *bigherino* vecchio che la mamma staccò ieri dalla sua *sottovita*.

—Guarda se in questo pezzetto di *peloncino* si potesse ricavare un paio di mutande, Sofia!

—Eccome! Eccotele bell'e tagliate. Anzi, siccome mi paiono un po' lunghette, bisognerà far qualche *tessitura* sull'orlo.

—Brava. Ora stanno dipinte. E ora? Sarà necessario farle la *fascetta*?

—No davvero. Sai bene che la mamma non approva l'uso del *busto*. Le *stecche* e le *molle* saranno forse buone per chi ha dei chilogrammi di carne da buttar via, ma con un *personalino* svelto qual'è quello della bambola, mi pare un di più. Facciamole piuttosto la camiciuola.

—Hai ragione. La camiciuola di lana, e dovrebb'esser sempre di lana, mantiene sul petto un calore temperato, eguale, e preserva chi la porta, dalle infreddature e dai reumi.

—Sentitela la chiacchierina! esclamò ridendo la Sofia, pare che reciti la lezione a mente. Da chi l'ha imparate, dica, tutte codeste belle cose?

—Le ho sentite dir dalla mamma. Ma perchè ora prendi i ferri da calza?

—Oh bella! Per farle le calze.

—Come glie le fai? A *pedule* o colla *soletta*?

—A pedule. La soletta è comoda perchè, quand'è rotta, si scuce e si ricuce a piacere; ma il pedule è più elegante. Eppoi a tutti non piace di sentirsi fregare il disopra del piede da quelle benedette *costure...*

—E se il pedule si romperà?

—Poco male, *rifaremo i pezzi.*

—Con che cosa glie le fermeremo, le calze?

—Le signore adoprano gli *elastici* con la *fibbia,* ma per la bambola basterà un po' di cordoncino.

—Dimmi un po', Sofia. Le calze devono esser fermate sopra o sotto il ginocchio?

—Sopra, sopra. È una sciatteria il far diversamente.

—Ora bisognerà pensare alla *sottana.* Come glie la fai?

—*Sgheronata* e con due *gale a pieghe.*

—A guàina o col cintolo?

—A guàina. Siccome il davanti dev'esser liscio così, per mezzo della guàina si portano le *crespe* tutte sul di dietro.

—Benone. Il vestito glie lo taglio io. Glie lo voglio fare intero, all'*imperatrice*: che te ne pare?

—Non è elegante, ma per bambine è assai conveniente. Ora i vestiti si *montano* sulle sottane di mussola o di cambrì. Glie lo fai liscio il vestitino?

—No: gli faremo due *gale* da piedi, alcune *straliciature* e una gran fascia *annodata* sopra un fianco.

—Benone. E io penserò al cappello. Ho qui un pezzetto di velluto verde, che messo sul *fondo* con un po' di garbo, farà la sua figura. Lo guarnirò con un *fiocco* di raso *sopra colore* e così avremo la bambola bell'e vestita.

* * *

Bambine, mi fate il piacere di dirmi se la vostra bambola è vestita come quella della Matilde e della Sofia?

Il bucato della bambola.

Quella benedetta figliuola di stucco insudiciava un monte di roba, e la sua mammina era sempre a mutarla e a rimproverarla. Ma erano parole buttate al vento! La bambola aveva il vizio di star sempre in terra e d'insudiciarsi perciò le sottanine, le mutande, le calze è perfino la camicia! Aveva il vizio di armeggiar colla brace, colla cenere, con mille intrugli dai quali una bambola per bene dovrebbe star sempre lontana... Aveva il vizio... Ma a che stare ad enumerarvi tutti i vizi di questa personcina sciatta? Voi tutte, o bambine, che avete la disgrazia di possedere qualche bambola di questo genere, mi comprenderete!

La povera Matilde era costretta a fare il bucato una volta la settimana: e noi la troviamo precisamente nell'esercizio delle sue funzioni. Guardatela: essa classifica i panni sudici della sua bambina di stucco: due paia di lenzuola di lino: quattro federine colla *trina*, una coperta di picchè col *balzone* di cambrì, due sciugamani colla *frangia*, tre *berrettine* da notte e un *accappatoio* ricamato. Sei camicie, parte *collo sprone* e parte *collo scollo tondo*, *a guaìna*, tre sottane, dieci grembiulini bianchi!!, otto paia di calze e una vera piramide di pezzuole, di golette e di trine.

Quando la Matilde ebbe appuntati, *coppia* per *coppia*, i fazzoletti, le calze, le *golette* e gli altri capi più *minuti*, buttò tutti i suoi panni in un *conchino* pieno d'acqua pura e si mise a *smollarli*. *Smollare* vuol dire *insaponar* la biancheria e *stropicciarla* affine di mandar via le macchie e l'unto.

Allorchè i panni furono bene smollati, la Matilde li dispose in un'altra piccola conca, elevata alquanto da terra, e forata in fondo, per lo scolo del *ranno*: su questa biancheria, e ben distesi sopra alcuni piccoli *canevacci*, la nostra mammina distese due strati di cenere bene *stacciata*, nella quale non si vedeva neanche un pezzettino di brace.

Poi, coll'aiuto della donna di servizio, versò nella conca una data quantità di acqua bollente, la quale imbevve la cenere, filtrò a traverso la biancheria e venne a scolare fuori della conca, per mezzo del buco praticato in fondo. Sotto a questo buco, la Matilde aveva posto una conca più piccola, che riceveva il ranno, il quale rimesso via via sul fuoco a scaldarsi, veniva da lei versato regolarmente nella conca del bucato, finchè l'operazione non era finita. Per un bucato da persone grandi, bisogna durare almeno sette o otto ore, ma per far un bucatino da bambole, un'ora basta.

Dopo averli *bolliti*, la Matilde *risciacquò* i panni in un'altra conca piena d'acqua limpidissima, e messe da parte quelli destinati al turchinetto; quindi li *strizzò, torcendoli* moderatamente e li stese, dopo averli rovesciati, al sole.

Quando furono asciutti, li prese, li rimise in casa e fece la scelta tra i panni da stirare semplicemente, come camicie, mutande, sottane, fazzoletti e grembiuli: da stirar coll'amido, come goletti, manichini, gale e trine: da ripiegare, come le coperte, le lenzuola, i canevacci, ecc.

Che ve ne pare, bambine, della faccenda del bucato? Chi di voialtre si sentirebbe disposta a imitar la Matilde?

La camera dell'Emilia.

La bambina non stava nei panni dalla contentezza.—Come! diceva fra sè, io avrò una camera tutta mia, dove potrò lavorare, studiare e fare i balocchi, senza che nessuno venga a disturbarmi! Come la terrò bene la mia camerina! Già la mamma me la dà a questi patti. Appena levata, *disfarò* il mio letto e metterò le lenzuola e le coperte sulla finestra, affinchè prendano aria e si *sciorinino*! Se la finestra *desse sulla strada*, non starebbe bene: ma siccome è sul giardino, non c'è alcun inconveniente a *scuotervi* la roba. Mentre il letto è *rialzato*, *sbatterò* per bene la *pedana*, *annaffierò* e porterò fuori di camera, affinchè la donna li ripulisca, i miei stivaletti e il lume. Quando il *pavimento* della camera sarà *prosciugato*, *spazzerò* dopo avere *smosso*, ben inteso, tutte le seggiole, i panchetti e le altre *bricciche* che mi darebbero noia. Dopo, *rifarò* il letto, badando che le materasse non facciano *gobbi*, che i lenzuoli sieno bene *stesi*, e che la coperta non *ciondoli* nè di qua, nè di là: poi, *spolvererò*, servendomi, come mi ha suggerito la mamma, d'un cencio leggermente umido; così eviterò di far del *polverone* e d'ingoiarne!—Voglio che la mia camerina sia sempre linda!

—Lodo le tue buone disposizioni, Emilia, disse la mamma che aveva udito le ultime parole della fanciulletta. E perchè tu prenda sempre maggiore amore alla tua stanza, ho pensato di affidare alla tua buona volontà l'esecuzione d'un lavorino. Non metterti in pensiero: le lenzuola e le tende le cucirò io: tu penserai solamente alle *federe*, che sono le più facili ad eseguirsi. Tieni.—E la signora depose sul tavolino dell'Emilia un piccolo rotolo di tela, insieme a una federa bell'e cucita che doveva servir da mostra.—Poi uscì dalla stanza.

La bambina rimase un po' sgomenta. Era la prima volta che la mamma le affidava un lavoro così importante. Finchè si tratta di eseguire un lavoro preparato e *imbastito*, tutti i santi aiutano, ma tagliare! Lì stava l'imbroglio.

L'Emilia *svoltò* lentamente il rotolo... e con sua grande sorpresa le cadde ai piedi un fogliolino scritto. Lo *raccattò* con premura e lesse:

Regole per fare una federa.—Oh sono a cavallo! esclamò lieta la giovinetta, e la mamma è veramente un angelo.

Ecco quel che c'era scritto nel fogliolino:

«Le federe sono molto più eleganti e precise quando sono chiuse coi bottoni, piuttosto che coi nastri; perciò, tagliandole, bisogna dare alla tela un quadrato alquanto prolungato: e quando si cuciono, occorre che una parte della federa, sia, almeno due dita, più lunga dell'altra. Dalla parte più corta, si fa un orlo destinato ai bottoni, e dall'altra, un secondo orlo assai largo per farvi gli occhielli. Quest'ultimo orlo che va a cercare i bottoni, rende alla federa il suo perfetto quadrato. Gli occhielli bisogna farli a traverso l'orlo e non per il lungo, poichè senza ciò, si aprirebbero continuamente.»

Ho io bisogno di dirvi, o bambine, che l'Emilia dopo poche ore, presentò alla mamma una federa esattamente eguale a quella statale offerta per campione?

Il guanciale d'una bambina.

Caro guancialino, morbido e caldo! Guancialino che la mamma ha empito per me di piuma finissima! Com'è soave la tua vista, quando fuori imperversa la tempesta!

Quanti poveri bambini, ignudi, senza casa e senza mamma, desidereranno invano un guanciale per nascondervi il visino paonazzo! Mamma, questo pensiero mi fa piangere.

Ma quando avrò pregato il buon Dio per quelle creaturine infelici, mi sentirò più sollevata e m'addormenterò contenta.

«Dio dei bambini, ascolta benigno le mie parole. Sento dire che sulla terra vi sono molti infelici senza tetto, senza famiglia, senza amore: consolali; perdona ai cattivi, premia i buoni e poni sotto la testa dell'orfanello un guancialino che lo faccia dormire.»

Mi sveglierò a giorno e vedrò il cielo azzurro, e il sole e i fiori gai. Mamma, un altro bacio. Mamma, buona notte.

La carta.

Giorni sono, sul finir della scuola, mi avvidi che l'Ernestina aveva gli occhi rossi: gli occhi rossi, in una bambina, sono sempre indizi di pianto recente. Che cosa aveva avuto l'Ernestina? Chi aveva potuto farla piangere? Era d'un carattere così quieto, d'un fare così dolce, che nessuna delle sue compagne si sarebbe sentita il coraggio di molestarla. Dunque? Dunque... ve lo devo dire? la povera bambina era *gelosa*, era gelosa delle carezze che io faceva alla sua piccola amica Argene: e un giorno la udii lagnarsi in questi termini: «—Pare impossibile che la signora maestra, che è sempre così buona e imparziale, faccia tante carezze all'Argene; non dico che quella bambina sia cattiva: tutt'altro; ha anzi buon cuore, ingegno aperto, umore sempre allegro: ma non le si può stare accanto, tanto è vivace, turbolenta e chiacchierina. Chiacchierina poi!... Non è contenta fino a che non ha saputo il perchè di tutte le cose, e perfino quando legge s'interromperà cento volte per fare ora una domanda, ora un'altra. Ma a me, invece, che sto sempre zitta, che non mi muovo, che non alzo i miei occhi dal libro o dal lavoro, la signora maestra non pensa mai: e tutti i complimenti e le lodi sono per l'Argene!»

Ah povera Ernestina! Nessuno, più di me, sa apprezzare le tue buone qualità, la tua dolce indole, i tuoi modi gentili: ma tu non mostri alcun desiderio di sapere: ma tu resti insensibile alle bellezze della natura, ma tu, quando leggi, studi, o lavori, non chiedi mai la spiegazione di ciò che non intendi. Preferisci accumolare errore sopra errore, negligenza sopra negligenza, e taci, taci sempre. Invece l'Argene è tutt'altra cosa. Buona anch'essa come te, ha però il desiderio d'imparare, di trar profitto dai suoi studi: Non la trattiene la falsa vergogna di sembrare ignorante: essa sa che a scuola non ci vanno i dottori, e si lascia guidare dalla sua insaziabile curiosità. Dunque, mia cara Ernestina, invece di esser gelosa dell'Argene, procura d'imitarla.

Domanda, domanda sempre spiegazione di quel che non sai o di quel che non intendi: Noi maestre vogliamo trattenerci con delle bambine, con de' ragazzi vivaci e svelti, non con dei pezzi di legno. Siamo intesi? Lo spero. Intanto vi farò sapere che l'Argene colle sue domande insistenti, mi ha dato occasione di far quattro chiacchiere sopra argomenti, i quali non potranno far a meno di stuzzicare anche la vostra curiosità. Mi rifarò dal più importante. Noi tutti, grandi e piccini, dotti e ignoranti, ricchi e poveri, adopriamo la carta. Il poeta ci scrive i suoi canti, lo scolaro le sue lezioni, il filosofo le sue dimostrazioni, l'ignorante i suoi spropositi, il ricco le sue rendite, il povero i suoi dolori: Voi tutti sapete che questa carta preziosa si fa con stracci di lino o di cotone: ma lo sapete, non già per averci pensato o riflettuto; bensì per averlo sentito dire a qualcuno o per averlo ripetuto cento volte a pappagallo. Il ripetere ciò che si sente dire non è imparare. Bisogna che l'apprendimento di certe verità ci costi un po' d'attenzione e spesso un po' di fatica. Non date retta a chi vi dice che i fanciulli possono studiare giocando: si educano così i pappagalli e le scimmie, non i bambini. Ma torniamo alla carta. Credete voi che la carta ci sia stata sempre? No, cari. La carta, come tante altre utili cose di cui oggi non sapremmo fare a meno, è una invenzione quasi moderna.

Gli antichi popoli d'Egitto si servivano, per imprimere la loro scrittura, delle fibre d'una pianta acquatica detta *papyrus*, papiro, da cui, forse, saranno derivate le voci francesi è inglesi *papier* e *paper*, che vogliono dir *carta*. Gli Egiziani trasmisero ai Romani le preparazioni che permettevano di trasformar le fibre vegetali del papiro in superfici pulite, bianche, pieghevoli. A quei tempi risale l'uso della *pergamena*, specie di carta fatta con pelli di capra e di montone e detta così per essere stata inventata a Pergamo, città antichissima, di cui non restano neppure le rovine.

Memorie non indegne di fede ci assicurano che verso l'anno 95 di G. C. si cominciava nella Cina a fabbricar carta con stracci di seta: ed ecco che la scoperta della carta di stracci sarebbe passata dalla China in Europa. Comunque vada la cosa, è certo che la cartiera più antica d'Europa fosse eretta da un certo *Pace da Fabriano* nella Marca d'Ancona.

Dopo l'invenzione della stampa, le cartiere si moltiplicarono rapidamente.

Ma ora che conosciamo qualche particolare circa l'invenzione della carta, vediamo un po' come si fa a fabbricarla.

I cenci arrivano alla cartiera sudici e mescolati insieme. Dunque, prima di tutto, bisogna fare una scelta: buttar via gli stracci di seta e di lana, che non sono buoni per la fabbricazione della carta, e metter da parte quelli di canapa, di lino, e di cotone. Ma anche questi bisogna classificarli in vecchi o nuovi, in bianchi o colorati: e ad ogni diversa specie di cenci, corrisponderà, a lavoro finito, una diversa specie di carta. Nel mentre si attende a questa classificazione di cenci, bisogna scucirli, tagliar loro gli orli, le costure e staccare i bottoni. Questi lavori che richiedono molta pazienza e poca fatica, vengono generalmente affidati alle donne. Compiuta la separazione, i cenci son fatti bollire in un bucato di soda, che fa scomparire certi colori, scioglie le sostanze grasse appiccicate ai cenci e li purga: dopo si risciacquano nell'acqua pura.

Purificati in tal modo i cenci, bisogna disfarne i tessuti, disunire le fibre vegetali e mescolarle in modo da ricavarne una specie di pasta. A tal fine si ammontano i cenci in una gran vasca detta marcitoio, nella quale sono mantenuti sempre fradici, affinchè si decompongano.

Questa decomposizione si compie in un intervallo dai dieci ai venti giorni, secondo la temperatura del luogo, lo stato degli stracci ed il genere di carta più o meno bella che si vuole ottenere: in quel tempo il mucchio di cenci si è trasformato in poltiglia fetida: ora bisogna ridurla in una pasta atta a fornire la carta. A tal uopo, si tolgono i cenci dal marcitoio e si collocano in pile di pietra piene d'acqua, che si dicono *pile a cenci*. Ciascuna di queste pile è guarnita di tre, o più mazze ferrate poste di fronte e messe in moto da un cilindro orizzontale, munito di altrettante sporgenze, che, girando continuamente, solleva e lascia poi ricadere alternativamente quelle mazze ferrate. Questa successione di cadute squassa fortemente i cenci, li riduce in pasta vie più assottigliata e li imbianca.

Abbiamo trasformato i cenci in pasta, ci resta da fare il meglio: trasformare la pasta in carta[2]. Questa meravigliosa trasformazione fu narrata egregiamente da un nostro grande poeta, Giuseppe Giusti, quando andò a vedere le cartiere del Cini a San Marcello, nella montagna pistoiese. Uditelo:

«...Noi arrivammo stracchi e affamati, e a farla apposta in quel momento la macchina non andava; ma il ministro della cartiera, che è un buon modenese, ci usò la cortesia di farla allestire, sebbene noi, aggiunta alla stanchezza e all'appetito anche la noia dell'aspettare, volessimo andar via a tutti i patti. Ed ecco, puliti i cilindri e ammannito il tutto, la macchina comincia a muoversi: vedere quello spettacolo e cessare la stanchezza fu tutt'una. Immagina due grandi stanze unite da più archi a rottura, l'una di solaio più alta che l'altra: nella superiore, vedi cinque grandi pile di pietra, nelle quali i cilindri triturano continuamente il cencio, e non ce ne vogliono di meno, perchè la macchina va con tanta rapidità, che una pila o due non basterebbero ad alimentarla. Triturato che è il cencio, e ridotto a una pasta liquida come un latte denso, passa per un canale nello stanzone più basso, ed è raccolto in due grandi tini, nei quali gira continuamente col moto generale dell'edifizio un ferro chiamato agitatore, acciò la pasta lasciata ferma non faccia *presa*. Sbocca da tino e si spande sopra una gran lastra di ferro, larga appunto quanto deve essere il telo della carta, e da quella lastra passa sulla tela d'ottone, che si ripiega continuamente in sè stessa, ed ha un moto ondulatorio. Dalla tela d'ottone è raccolta da un cilindro foderato di feltro, e quindi da altri due cilindri parimente foderati di feltro, che la strizzano e ne fanno scolare ogni umidità, e da questi passa per altri quattro o sei, sotto i quali vi è il vapore per asciugarla; scaturisce da questi, e passa bell'e asciutta e croccante, sopra due grandi cilindri a guisa d'aspo che la dipanano, e di là in una gran tavola a guisa di vassoio, sulla quale via via si taglia e si trasporta nei magazzini. Tutta questa operazione è l'affare di un minuto e mezzo o di due. Quella che stamane alle sette era un cencio, oggi alle quattro è una lettera bell'e impostata.»

Che ne dite, o figliuoli? Vi pare che la curiosità dell'Argene fosse giustificata? E vi pare, ditemi, un bell'atto di gratitudine verso i grandi lavoratori delle cartiere, quello di sciupar la carta continuamente, come fate voi?

Si alzi l'Ernestina e mi ripeta quanto ho raccontato fin qui.

[2]

Besso. *Le grandi invenzioni.*

La spugna.

Che cos'è la spugna, questa spugna colla quale si lava il viso ai bambini e il marmo dei nostri tavolini?

La spugna è un *animale*, forse la riunione di parecchi animaletti aggruppati gli uni agli altri: animaletti che i naturalisti designano col brutto nome di *protozoi*.

La spugna, ordinariamente, ha forma rotondeggiante: è bruna, leggera, elastica: e le sue fibre sottilissime, strettamente incrocicchiate fra loro, formano dei grandi e piccoli buchi chiamati *pori*.

La spugna sta in fondo alle acque, e più specialmente in quelle del Mediterraneo e del Mar rosso: ma si trova anche in certi fiumi. Cerca il luogo che meglio le conviene, vi si abbarbica e a poco a poco avvolge nel suo tessuto gli scogli, le piante e perfino gli animali che le sono vicini.

I buchi, o fori, o pori della spugna comunicano tra loro, e finchè l'animale è vivo, l'acqua vi circola liberamente e dà a questo il nutrimento necessario.

Verso gli ultimi di aprile o i primi di maggio, si staccano dalla cavità delle spugne alcuni ovicini, i quali vengono trasportati dalla corrente a ineguali distanze.

Queste uova, non appena hanno trovato il luogo adatto, vi aderiscono e gradatamente divengono spugne: La spugna viva è ricoperta da uno strato di sostanza muccosa, appiccicaticcia, che si corrompe e si stacca dall'animale, non appena questo viene staccato dal fondo dei mari.

Le spugne possono essere di varie grandezze: ve ne sono delle piccolissime e di quelle così enormi, il cui volume supera perfino un metro di diametro. E se ve ne sono di ogni grossezza, hanno anche forme svariatissime.

Le spugne che vivono nei fiumi sono poco resistenti e non vengono adoperate in alcun uso: e poichè la pesca più abbondante di questi animali si fa, come vi ho detto, nelle tepide acque del Mar rosso e del Mediterraneo, così i pescatori di spugne sono quasi tutti Greci, Arabi e Messicani.

Le spugne si possono pescare in due modi: nel primo, gli uomini adatti a ciò, si tuffano sott'acqua, armati d'un grosso coltello, col quale tagliano le spugne aderenti agli scogli: il secondo sistema consiste nel lanciare su questi animali una specie d'uncino che vi si attacca e le strappa.

Ma questo secondo modo ha l'inconveniente di lacerar le spugne, le quali hanno allora un valore molto più piccolo di quelle pescate per mezzo dell'immersione.

Le belle spugne sono reputatissime in commercio e il loro prezzo giunge perfino a cento e centocinquanta lire il chilogrammo.

L'uso delle spugne, uso che rimonta alla più remota antichità, è oggi così comune, che i pescatori devastano, per soddisfarlo, il fondo dei mari.

E pensare che vi sono molti bambini di mia conoscenza i quali non solo hanno un sacro orrore della spugna, ma anche del.... (lo devo dire?) del sapone!

Il sughero.

Alduccio era stato buono tutta la settimana: e siccome il sabato compiva i sett'anni, la sua zia gli fece un regalino, sospirato da mesi e mesi: una vaschettina di cristallo con due pesciolini rossi.

Non è a dirsi la contentezza di Aldo: vi basti ch'ei non lasciava un minuto i suoi nuovi ospiti, e che se non fosse stato per un riguardo alle loro abitudini, se li sarebbe perfino portati a dormire con sè.

Chi non s'è provato, almeno una volta in vita sua, a buttar qualche minuzzolo di pane a quegli animaletti? Chi non s'è divertito a vederli guizzare, sparire e ritornare a galla in un minuto? Cesarino, fratello minore di Aldo, non si contentava di guardarli: avrebbe voluto anche stuzzicarli, e un giorno, colto il momento che Aldo non badava alla vaschettina, vi buttò dentro un tappo.

—Zia, esclamò Aldo impaurito, mi fai il piacere di dare uno scapaccione a Cesarino? Dà noia ai pesci!

—Che cosa è avvenuto? chiese la zia premurosamente.

—Ha buttato loro addosso un tappo..... Ma guarda! Questa è curiosa! Perchè il tappo non va a fondo?

—Perchè il tappo è di *sughero*, bambino mio: e il sughero resta sempre a galla.

—Che cos'è il sughero?

—Il sughero è la scorza o corteccia d'un albero, di una specie di quercie, il cui legno, come vedi, è leggerissimo.

—È certo, disse Aldo il quale pensò subito alle barchette, che il sughero, essendo legno, deve galleggiare sull'acqua. Ma come fanno gli uomini a levare il sughero dall'albero?

—Con un'ascia bene acuminata, gli operai praticano nell'albero un'incisione verticale (dall'alto in basso) avendo somma cura di non offendere una seconda corteccia verde, che si trova sotto il sughero e che più tardi, dopo dieci o quindici anni, diventerà sughero anch'essa.

Quando l'albero è molto grosso, l'operaio vi pratica parecchie incisioni verticali per non rompere la striscia di sughero che sta levando.

Poi fa altri tagli circolari, distanti l'uno dall'altro circa un metro, e quindi, insieme ad un altro operaio, solleva la scorza con precauzione, servendosi dell'altra estremità dell'ascia, assottigliata a tal'uopo.

—Ed è di quella scorza, zia, che si fanno i tappi?

—Sì, ma non tutta la corteccia può servire a far tappi: alcuni pezzi, per esser troppo scabrosi e ineguali, non possono venir lavorati. Quando il sughero è stato scalzato dall'albero, dev'essere immerso per qualche minuto nell'acqua bollente, la quale lo rende pieghevole, liscio e atto alla fabbricazione dei diversi oggetti.

Il primo strato di sughero è meno pregiato in commercio a causa della sua irregolarità e viene impiegato per gli usi marittimi.

Del sughero di migliori qualità si fanno tappi da bottiglie, boccette, vasi e boccali: e riunendone diverse strisce sopra un tessuto molto consistente, si fanno le cinture, come quella che ti mette la mamma quando fai il bagno; quella cintura ti sostiene sull'acqua e ti agevola l'apprendimento del nuoto.

—È proprio vero che il sughero sta a galla: ma io vorrei sapere perchè ci sta!

—Va a prendere un mezzo bicchiere d'acqua e raccatta alcuni sassolini nell'orto: vieni ora da me e stai attento: Io butto nel bicchiere un sassolino o due: vedi nulla? No; buttiamocene una manata: che cosa avviene?

—Avviene che l'acqua sale sale, fino all'orlo del bicchiere.

—Lo sai il perchè?

—No.

—I sassi, essendo più pesi dell'acqua, l'hanno scacciata dal luogo che occupava in fondo al bicchiere e l'acqua è stata respinta fino all'orlo. Se noi seguitassimo a buttar sassi, l'acqua, sempre maggiormente spostata, finirebbe col dar di fuori, e il bicchiere non conterrebbe più che sassi.

—Ora intendo, disse Aldo; i sassi sono più forti dell'acqua e la mandano via: l'acqua poi, alla sua volta, è più forte del sughero e manda via lui. Sarebbe come io, che sono più forte di Cesarino, gli dessi una spinta e lo mandassi via.

—*Forte* non è la parola da usarsi. L'acqua non è più forte del sughero: è più *pesa*. Tu, poi, sei di fatto più forte di tuo fratello e in questo caso la tua forza produrrebbe sopra Cesarino lo stesso effetto del peso dell'acqua sul sughero, poichè anche il peso è una forza.—

Così ebbe fine la lezioncina sul sughero. Io spero che voi, care bambine, sarete in grado di ripetermela. L'Ernestina si alzi e cominci.

Il tabacco.

Mi è stato ridetto che alcuni bambini della scuola se la passegiavano, ieri, con una pipa in bocca e col cappello su una parte; a tutt'uomo, in una parola. Fortuna che quelle pipe erano di zucchero! Ma se fossero state pipe davvero, di quelle pipe dove gli uomini ci pigiano il tabacco per fumarlo, oh allora non riderei, ve lo assicuro!

Non sapete, miei poveri piccini, ciò che è il tabacco, il tabacco col quale sono fatti quei sigaracci scuri, il cui odore produce le nausee, che hanno un sapore amaro, e macchiano di giallo la punta delle dita? Non lo sapete? Ve lo dirò io, ve lo dirò, perchè vi voglio bene e desidero che sappiate la verità: il tabacco, poveri bambini miei, è *un veleno*!

Anni e anni sono, un signore (dovrei dire un mostro!) volendo arricchirsi coi beni d'un suo fratello, pensò di ammazzarlo. Che cosa fece? Forzò quel fratello a bere dell'essenza di tabacco, e l'infelice, fulminato dal potentissimo veleno, morì all'istante.

Quando, invece di beverlo, si fuma il tabacco, ci avveleniamo lentamente, ma ci avveleniamo. A poco a poco, senza quasi che ce ne accorgiamo, lo spirito diviene grave, si perde la vivacità, la memoria, e le idee se ne vanno. Un languore profondo s'impadronisce di noi, diveniamo inetti ad ogni lavoro un po' serio e non siamo più buoni che a fumare. Si finisce col preferire il tabacco alla conversazione, alla società e perfino al cibo! Un vero fumatore è capace di barattare un pane per due sigari! E se alla sua mamma, a sua moglie e ai suoi figliuoli dà noia il fumo, peggio per loro! Quando non vuol far soffrire nessuno, se ne va fuori di casa, lontano, anteponendo il tabacco alla sua famiglia e al resto dell'universo.

Così il tabacco è un veleno per il corpo, un veleno per lo spirito, un veleno per il cuore.

Quando un giovinetto comincia a fumare, non se lo figura di dover giungere a queste tristi estremità: egli dice: *Fumerò un pochino*, ed è lo stesso come se si proponesse di metter *per un pochino* un dito nell'ingranaggio d'una macchina. Il corpo va dietro al dito: o come se volesse appiccare un *po'* di fuoco alla sua camera: Tutta la casa brucerebbe.

Fumando un *poco*, si prende l'abitudine di fumar *molto*: e quando si vorrebbe smettere, non è più tempo. L'abitudine è un tiranno.

Lo sapete, voi, che cos'è un *tiranno*? No certo, fortunati bambini! È un padrone che ha su noi ogni potere: che ci toglie la libertà, e di uomini liberi e indipendenti, ci rende servi.

Spesso il tiranno è un uomo, un re, o un imperatore. Ma più frequentemente noi stessi siamo i nostri tiranni: e in questo caso il tiranno è un *bisogno*. Così, i bisogni di mangiare, di bere e di dormire, sono dei tiranni, poichè non possiamo opporre loro alcuna resistenza.

Voi stessi, ragazzi miei, ne avete fatta, chi sa quante volte, l'esperienza. Quando fate il chiasso o i balocchi, non li lascereste per nessuna cosa al mondo. Ma ecco che il bisogno di mangiare, ossia la *fame*, si fa sentire.... Allora smettete di fare il chiasso, lasciate in un canto i balocchi e correte dalla mamma a chiederle il pane.

E se proprio in quel punto i vostri compagni vi chiamano, v'implorano, per finir la partita cominciata, non gli ascoltate più, non intendete ragioni, non conoscete più nessuno: il tiranno della fame vi domina, vi opprime, vi costringe a mangiare. E siete talvolta sì affamati, che piangete d'ogni piccolo indugio.

E la sera a veglia, quando siete tutti riuniti, fratelli e sorelle, intorno a quella tavolona tonda, carica di stampe, di balocchi e di giornali, cominciate, a una cert'ora, a far delle piccole riverenze col capo: i vostri occhietti, prima sì ridenti, si appannano e diventano piccini: le vostre mani, pochi momenti avanti sì attive e battagliere, penzolano inerti dalla seggiola e lasciano cadere in terra la bambola o la pecorina. Il tiranno del sonno è giunto: e il sonno, come tutti gli altri tiranni, non soffre resistenza.

Addio balocchi, chicche, novelle e risate! Ecco i bambini bell'e addormentati: andate, ora, a proporre loro una partita di volano: raccontate loro la novella di Berlinda o offrite loro delle caramelle. Non vi odono più: non sono più padroni di fare quel che meglio piace loro! Il tiranno del sonno gli ha soggiogati.

È una cosa molto noiosa, non è vero, quella di venir sempre dominati dai nostri bisogni, e di non poter sbarazzarcene? Aggiungete che questi nostri tiranni ci costano un occhio del capo. Se si potesse calcolare tutto il denaro che ci ha fatto spendere, dacchè siamo al mondo, il bisogno di mangiare, di bere, di vestirci, di scaldarci, di ripararci dalle intemperie, di star puliti, ci sarebbe di che restare sorpresi.

Ah certo! Meno bisogni avremo e meglio sarà: Che dovremo dunque pensare di quelle persone, le quali non contente di dover soddisfare a tanti bisogni, ai quali non si può impor silenzio, se ne creano dei nuovi, prendendo delle abitudini dannose?

Tale è l'abitudine del fumare. Diviene un bisogno così imperioso, che spesso vince tutti gli altri! E pertanto qual differenza fra questo bisogno e quelli che abbiamo enumerato fin qui!

Se noi non avessimo mai fame, nè sete, nè sonno, nè voglia di far il chiasso, saremmo molto ammalati e moriremmo molto giovani. Quei tiranni, dunque, sono piuttosto dei benefattori, dei vigili custodi della nostra salute, incaricati dal buon Dio di avvertirci di quanto dobbiamo fare per conservarla.

Perciò, quando obbediamo regolarmente a questi bisogni naturali, stiamo bene e ci sentiamo lieti: cresciamo, siamo attivi, laboriosi, e c'interessiamo a tutte le cose nobili e buone.

Il bisogno di fumare, invece, è un tiranno egoista, che si compiace di veder trasformarsi in fumo il tabacco: e che, non solo non ci dà nulla in cambio di quel che ci prende: denaro, tempo, ingegno, salute; ma rende pestifero l'alito dei fumatori, e sparge sui loro abiti un odore irritante, che produce la tosse a chi sta loro vicino.

Vi sono altre persone che prendono il tabacco pel naso. Quello è in polvere e viene conservato nelle tabacchiere. I consumatori mettono nella scatoletta il pollice e l'indice e s'introducono la *presa* nelle narici, colla stessa disinvoltura colla quale voi mettereste in bocca una pallottola di zucchero.

E io conosceva un signore il quale, ogni volta che il caso lo faceva assistere a una tale operazione, esclamava: «Strana idea quella di respirar colla bocca e di mangiare col naso!» Un ragazzino, molto assennato e riflessivo, rispondeva a certi scioperati che volevano costringerlo a fumare e a stabaccare:—Ma vi pare ch'io voglia far del mio naso un letamaio e della mia bocca un camino?—

Infatti la bocca d'un fumatore diventa un vero camino: vi si forma la filiggine: i denti, di bianchi che erano, diventano tutti neri: e la bocca perde, oltre al suo più bell'ornamento, anche la freschezza e la salute, che alle labbra dei fumatori, ostinati suol venire quella schifosa malattia che si chiama «il cancro dei fumatori»!...

Ma voi mi chiederete perchè chi comanda non condanna tutti i negozianti di tabacco alla galera a vita?

Ciò gioverebbe assai poco, amici miei, poichè dopo loro ne verrebbero degli altri... Il vero mezzo di sopprimere il commercio del tabacco, sarebbe quello... che gli uomini sopprimessero essi stessi la loro cattiva abitudine e considerassero il tabacco solamente per quel che è: un medicinale.

Voi forse non saprete che tutti i veleni sono dei medicinali? Pericolosi per l'uomo che si sente bene, hanno la proprietà di guarirlo quand'è sofferente, e non c'è veleno il quale non corrisponda per le sue virtù sanatrici a qualche malattia.

Il tabacco sarebbe dunque, per sè stesso, una preziosa sostanza: e non è certo sua colpa se gli uomini, abusando dei doni divini, ne hanno fatto uno strumento di malattia e, spesso, di morte.

Il tabacco è una pianta: ha le foglie larghe, vellutate; e i suoi fiorellini, d'un bel colore di rosa, vi spiccano piacevolmente: l'odore, peraltro, è nauseante, poichè rammenta il profumo indebolito del tabacco secco.

I dotti hanno dato a questa pianta il nome di *nicotina*, ed ecco il perchè: Quattrocent'anni sono, un francese che si chiamava Nicot, fu mandato come ambasciatore dal re di Francia al re di Portogallo. In questo paese egli ebbe luogo di esaminare una pianta che gli Spagnuoli avevano importata dall'America e si chiamava tabacco. Siccome era una vera novità, il Nicot, per rendersi accetto alla madre del re di Francia, le mandò del tabacco in polvere, e, disgraziatamente, anche il seme del tabacco.

Questa regina, che si chiamava Caterina dei Medici, studiava molto i veleni, e il regalo del Nicot le giunse perciò assai gradito. E il tabacco venne chiamato *erba della regina* o anche semplicemente *nicotina*.

Tutto ciò avveniva nel secolo decimosesto: il mondo esisteva già da migliaia d'anni senza saper nulla del tabacco, e in quanto a salute ne aveva sempre goduta non è questa una graziosa risposta da farsi a quei fumatori, i quali pretendono di non poter vivere senza fumare?

Il tabacco cresciuto naturalmente s'inalza perfino a un metro e 50 cent., ma quando lo si coltiva per quell'uso famoso, non gli si permette d'inalzarsi tanto. Quando il tabacco ha raggiunto quel grado determinato di sviluppo, viene colto avanti la fioritura.

I coltivatori cominciano dal farne seccare le foglie, poi le vendono ai fabbricanti che le tritano minutamente; questi fanno disseccare su grandi lastre riscaldate il tabacco da fumare, e ripongono in grandi vasi egualmente riscaldati quello da aspirarsi pel naso.

Coi processi di fabbricazione, le foglie del tabacco cambiano completamente di colore: di verdi, diventano scure, e prendono quell'odore acre, soffocante, che indispone quasi sempre tutti coloro che fumano per la prima volta.

Il fabbricante di tabacco è... indovinate! Il governo! Sì, è il governo che compra il tabacco ai coltivatori, lo fa fabbricare nelle sue manifatture, poi lo fa vendere dai tabaccai, sotto forma di tabacco da pipa, da naso, di spagnolette e di sigari.

Ed è sotto queste ultime forme, che il tabacco si mette in bocca e si mastica!

È proprio vero che allorquando ci mettiamo a far delle sciocchezze, non si sa mai dove andiamo a finire.

Il governo vigila la cultura del tabacco, per tema che venga venduto ad altri: ha creato degl'ispettori, i quali non solo contano le piante del tabacco seminate in un campo, ma il numero delle foglie d'ogni pianta. E questi ispettori non permettono a nessuno di coltivarne senza il loro permesso: e se qualcuno trasgredisce ai regolamenti, deve subire ammende, condanne, e ogni sorta di punizioni. Ah se i coltivatori, invece del tabacco, seminassero nei loro campi del buon grano, non avrebbero a sopportare simili persecuzioni. Coltiverebbero una pianta salutare, che nutre l'uomo e non già una pianta velenosa che gli avvelena lo spirito e il corpo: e l'agricoltura, invece di impoverire, (come avviene effettivamente nelle contrade ove si coltiva il tabacco) ritornerebbe ricca e prospera per il bene di tutti.

Facciamo voti, bambini, affinchè questo non sia un bello ma inutile sogno!

Il sapone.

C'è qualcosa che sia più utile del sapone? La nettezza è certo la prima, la più importante fra le eleganze: e a chi la dobbiamo, se non al sapone? Guardate il fabbro che batte il martello sull'incudine, il legnaiuolo che sega le sue assi: il compositore che riproduce le parole d'un manoscritto con dei caratterini di metallo, tinti d'inchiostro: tutti questi bravi operai hanno il viso e le mani annerite: il fumo, la polvere hanno macchiato i loro abiti e la loro biancheria: e se gli utili lavori ai quali si dedicano non ce li facessero cari, ci parrebbero molto brutti.

Ma quando la giornata è finita, e ogni operaio sta per tornare alla sua casetta, dov'è aspettato dalla moglie e dai figliuoli, allora il fabbro mette da parte il martello, il legnaiuolo la pialla, il compositore i caratteri, e ciascuno va in un canto della bottega, dov'è una fontana o una gran catinella d'acqua. Sotto la catinella, o accanto, c'è un pezzo di *sapone*.

L'operaio si bagna le mani e il viso: se li stropiccia col sapone, che sdrucciola, scorre, scivola e fa una bella spuma: quand'è bene insaponato, tuffa viso e mani nella catinella e si risciacqua con forza... Alza il viso... non è più riconoscibile! La pelle è ritornata bianca, pulita, senza traccie di fumo o di polvere: e una leggera spazzolata basta a ravviargli il capo arruffato.

La giacchetta ha sostituito la bluse: gl'inconvenienti del lavoro sono spariti per dar luogo al profitto e al piacere. L'operaio torna a casa, e la moglie e i bambini gli fanno festa e lo accarezzano.—

Certo lo avrebbero accarezzato anche col viso sudicio; ma forse con minor piacere. E anche la famiglia deve farsi trovar pulita e ravviata: i bambini specialmente, se vogliono riuscire accetti al babbo, devono avere adoprato molto sapone.

Il sapone è necessario ai ricchi come ai poveri, poichè a nulla gioverebbero i bei vestiti di casimirra e le calze di seta, se la camicia, il fazzoletto, le mani ed il viso fossero sudici: anzi, la ricercatezza del vestito metterebbe in maggior rilievo la sciatteria del resto.

E siccome il sapone è riconosciuto come il mezzo più facile per conservare la nettezza al nostro corpo e alle nostre robicciuole, così non è esagerazione il ritenerlo per una delle cose più utili.

* * *

Ma che cos'è questo sapone? Perchè ha la proprietà di render pulita la nostra pelle e la nostra roba?

Il sapone è una sostanza composta dall'industria: è un miscuglio di soda e di potassa con un'altra cosa, di cui vi parlerò or ora.

La soda e la potassa, che sono dei *sali*, si uniscono facilmente ai corpi grassi, e ogni qualvolta si trovano al contatto di qualche untuosità, l'assorbono così bene, vi si uniscono così intimamente, che basta fare sparire questi sali, perchè con essi sparisca il grassume che deturpava una data superficie.

Questo effetto si prova facilmente. La soda e la potassa vengono vendute dai farmacisti e il loro valore è minimo: si può dunque comprar queste sostanze, scioglierle nell'acqua e lavare in quell'acqua un pezzo di stoffa colorata, macchiata d'unto.

Ma c'è da notare che la soda e la potassa mangiano il colore e la povera stoffa perderebbe, oltre all'unto, anche le sue tinte smaglianti: poi, dacchè quelle due sostanze sono anche corrosive, lacerano i tessuti e rovinano la pelle.

Dunque? Dunque si pensò di unire la soda ad altre sostanze che ne neutralizzassero gl'inconvenienti, senza alterarne i vantaggi: queste sostanze sono olio o grasso: e da un tal miscuglio ha avuto origine il sapone.

Per fabbricare il sapone, si versa in grandi caldaie una quantità di soda sciolta nell'acqua: vi si aggiunge del grasso di montone, di altri animali e anche dell'olio: occorre poi che il fuoco sia talmente vivo da raggiungere i 100 gradi, i quali producono l'ebullizione.

A poco a poco la soda e il grasso si uniscono, si fondono insieme e formano come uno strato galleggiante sull'acqua. Quando il miscuglio è fatto, si vuota la caldaia sopra una gran tavola ad alti orli: l'acqua scola e il miscuglio di soda e di grasso rimasto sulla tavola, si raffredda, si condensa e diventa quel sapone, di cui tutte le persone pulite apprezzano l'utilità.

Quello fabbricato con la potassa non indurisce e resta sempre come una pasta molle. È quello che comunemente si chiama *sapone tenero*.

Il sapone col quale si lava la biancheria, vien detto sapone di Marsiglia, perchè è appunto in questa città che se ne fabbrica la maggior quantità. Questa sola città ne vende annualmente più di 70 milioni di chilogrammi, ciò che rappresenta, al prezzo con cui è venduto ai consumatori (circa L. 1,10 il chilogramma) un valore di 77 milioni di lire (circa 38.000 Euro).

Il sapone bianco e le saponette sono fabbricate allo stesso modo: se non che per la loro fabbricazione vengono adoperati olii e grassi più fini: e sono resi più piacevoli da essenze odorose e da sostanze che immorbidiscono la pelle, come miele e sugo di lattuga: e per mezzo di stampe speciali si dà loro curiose e graziosissime forme. Infatti ci sono saponette che rappresentano mele, pesche, pesci, uccelli, scatole e perfino bambini. Il sapone è un composto che data da moltissimo tempo. Gli antichi popoli d'Egitto e della Grecia lo adopravano: e in Italia, nelle rovine di Pompei, fu rinvenuta una fabbrica di sapone con tutti i suoi utensili e perfino con una provvista di sapone, atto ad esser venduto.

Da ciò possiamo constatare che la nettezza non è una moda, ma è stata sempre uno dei più imperiosi bisogni dell'uomo. La nettezza è un dovere sociale quanto personale, ed è condizione principalissima di salute e di bellezza.

Il carbone.

Il carbone, a giudicarlo dalle apparenze, non ha alcuna importanza. È una materia nera, polverosa, imbarazzante, che si butta nel cantuccio più scuro di cucina, che non si tocca altro che colle molle o la paletta: a toccarlo con le mani, Dio liberi! C'è da farsele diventar nere come quelle d'un *carbonaio*. Infatti i carbonai sono sempre così neri, che quando accade loro di lavarsi il viso in qualche circostanza solenne, per esempio quando sono sposi, non paiono più i medesimi.

E, volendo esser giusti, dove volete trovarmi una cosa più utile del carbone? Col carbone si cuoce il desinare, si scaldano i ferri da stirare, si purifica l'acqua delle fonti, si disinfettano le carni un po' stracche, si rende bevibile il brodo inacidito, ecc. ecc.

Finalmente il carbone è impiegato in vari usi importantissimi, dei quali non potrei parlarvi in queste lezioncine: vi basti che esso serve a moltissime applicazioni della medicina e delle industrie.

Ma di che cosa è fatto questo benedetto carbone e perchè è così nero? Questo carbone, bambini miei, non è altro che *legno carbonizzato*, cioè legno trasformato in carbone dal fuoco: ciò che non vuol dir *bruciato*. Quando il fuoco *brucia* le cose, le distrugge, e non ne lascia che le *ceneri*, come avviene delle legna nel camino e del carbone nel fornello: questa si chiama *combustione*: ma quando gli oggetti sono solamente mutati in carbone, allora ciò si chiama *carbonizzazione*. La carbonizzazione non distrugge i combustibili; ma li lascia sussistere nella loro forma primitiva: infatti vedrete che il carbone conserva la sua forma cilindrica di rami d'albero.

Quando quei rami pendevano dai loro alberi erano certo d'un altro colore: ora sono neri, poichè qualunque oggetto diventa nero trasformandosi carbone.

Per convincervene, fate carbonizzare una bacchetta di legno bianco, un orliccio di pane, un osso di animale, una frutta qualunque dentro un vaso, ben chiuso, dove il fuoco possa esercitare la sua azione, senza trovarsi a contatto dell'aria: voi ritirerete tutti questi oggetti, neri, carbonizzati, cioè divenuti carbone.

Ma bisogna che tutte coteste cose *sieno state private dell'aria*, se no sarebbero bruciate irremissibilmente: e invece d'una carbonizzazione, avreste una combustione.

Gli operai che fabbricano il carbone e che sono i veri *carbonai* (quegli uomini neri che vediamo giungere alle nostre case, colle loro balle sul dorso, non sono altro che portatori di carbone) abitano quasi sempre in mezzo a' boschi, per essere vicini alla materia necessaria al loro lavoro, e per non essere obbligati di trasportare da un luogo all'altro tante enormi quantità di legno.

La loro casa è una povera capanna, fatta con dei rami piantati in terra su due linee parallele, l'uno in faccia all'altro, incrociati in alto a uso X, e rilegati da un altro ramo disteso per lo lungo su tutte le X, in modo da formare la vetta o il comignolo. Gl'intervalli da un ramo all'altro sono colmati da delle smotte di terriccio, che formano come due muri inclinati: uno solo di questi intervalli resta aperto per l'entrata e l'uscita. Del resto, nè usci, nè finestre, nè camini. Il mangiare se lo cuociono in terra con dei frammenti di carbone: i tronchi degli alberi fanno loro da seggiole e i grandi ammassi di foglie secche servono da letto. Il legno più stimato per far carbone è quello di quercia e di càrpino, che sono le più belle specie d'alberi, di cui si compongono le nostre foreste. Si fa anche del carbone con un legno fino e leggiero che si chiama *ontano*.

Il legno dell'ontano è così leggero, che per ottenere dodici chilogrammi di carbone, occorre impiegarne 100. Ed è per ciò che invece di venire impiegato per gli usi di cucina, serve alla fabbricazione della polvere da cannone.

I rami d'albero destinati a diventar carbone, tagliati in lunghezza eguale, circa metri 0,80, sono trasportati dai carbonai e ammassati in modo da formare un'alta capanna, alla quale non lasciano che un'apertura in cima, per introdurvi il fuoco e farne uscire il fumo. Questa capanna viene chiamata una *carbonaia*, ed ha da 6 a 8 metri di diametro e contiene da 24 a 40 steri di legno.

Si ricuopre quindi la carboniera con uno strato di terriccio, affinchè non vi possa penetrar l'aria; poi si accende il fuoco e si lascia agire, finchè la carboniera non è interamente carbonizzata. Quest'operazione richiede ordinariamente dalle 20 alle 24 ore, durante le quali il carbonaio non cessa dal sorvegliare il lavoro e di buttare delle palettate di terriccio in quei luoghi dai quali fa capolino il fuoco.

Quando l'operazione è finita e il legno è carbonizzato, si spegne il fuoco, tappando anche l'unica apertura, dopo di che si lascia che la *carboniera* freddi. Dopo un giorno o due, si butta giù lo strato del terriccio e si estrae il carbone con degli uncini di ferro: e quand'è del tutto freddo, si ripone nelle balle per esser venduto ai mercanti in di grosso, i quali lo rivendono ai mercanti al minuto, e questi alle famiglie.

Ma accanto a tutti i servigi che ci rende il carbone è pur da notarsi un grave inconveniente, il quale, trascurato, potrebbe costarci la vita.

Il legno di cui sono fatti gli alberi, è composto in gran parte d'un gaz chiamato—*gaz carbonico.*—Questo gaz che si sprigiona dal legno in combustione, si sparge nell'aria: i rami che non sono stati bruciati, ma solo carbonizzati, hanno conservato lo stesso gaz carbonico di quando pendevano dagli alberi; e questo si separa da loro, allorchè bruciano allo stato di carbone.

Se dunque, in una stanza brucia del carbone, abbiate cura di aprire un uscio o una finestra, dalla quale possa uscire questo gaz micidiale, il quale, dopo averci prodotto nausee, giramenti di capo, dolori al cuore e soffocazioni, finirebbe coll'*asfissiarci*.

Da ciò vediamo che il carbone può farci molto bene e molto male: sta a noi il saper profittare dei vantaggi che esso ci dà, e il sapere sfuggirne i pericoli. Iddio ha messo a nostra disposizione tante e tante cose mirabili, affinchè ce ne serviamo pel nostro bene.

Carbone fossile.

C'è un'altra specie di carbone, che tutti conoscono sotto il nome di carbone *fossile o minerale*. Il carbone fossile, non è, come quello di legno, fabbricato dall'uomo: esso viene estratto dalle viscere della terra, per mezzo di certe fosse, larghe e profonde, dalle quali gli è venuto il nome. Voi sapete che tutte le cavità praticate nella terra col fine di estrarne i minerali, si chiamano *mine*. E come vi sono mine d'oro, d'argento, di rame, ecc., così vi sono anche delle mine di carbon fossile. Alcune di coteste mine hanno 500 e perfino 600 metri di profondità, e ogni giorno, migliaia e migliaia d'uomini vi mettono a repentaglio la salute e la vita. Sparsi nelle infinite gallerie, che formano come le strade di quel mondo sotterraneo, staccano a colpi di zappa e di piccone il carbone, che forma le pareti di quelle gallerie: lo trasportano quindi fino alle fosse e lo versano in certi tini o bariglioni, che vengono tirati su non appena sono pieni.

Noi dobbiamo molta gratitudine a questi martiri del lavoro, i quali sono esposti continuamente ai più gravi pericoli: Ora, una sorgente inonda improvvisamente la mina e annega i minatori: ora li sotterra una frana... e tutti gli anni, migliaia e migliaia d'uomini muoiono così!

Dunque il carbon fossile è un minerale; ma, e ciò vi maraviglierà non poco, anche il carbon fossile è di legno. Come ha fatto, quel legno, a diventar nero, untuoso, lucente? Come mai si trova sepolto nelle viscere della terra? Gli alberi vegetano sul terreno, non sotto. Questo, miei cari piccini, è un nuovo, grande e antichissimo fenomeno: e rimonta a secoli così remoti, così lontani da noi, che ci sarebbe impossibile accennare a qual epoca precisa si precipitarono nelle profondità della terra le immense foreste che ne ricoprivano tre quarti della superficie.

Eccole dunque sepolte le belle foreste di cedri giganteschi, di felci e di pini, eccole sepolte nelle profondità misteriose della terra, dove non c'è aria, dove non c'è luce, dove bisogna morire.

E, infatti, quelle foreste, quegli alberi, quelle felci, quelle piante d'ogni specie, son tutte morte. Ma nulla può esser distrutto: morte come vegetali, vivono sotto un'altra forma, e divengono, oggi, il carbone minerale che le industrie hanno applicato a usi sì svariati.

Come si è potuto operare un cambiamento così importante? Quali agenti, quali influenze hanno trasformato delle piante organizzate per la vita vegetale in una sostanza così opposta, qual'è il carbon fossile?

Per ottenere una risposta a queste domande, occorrerebbe entrar nei domini della scienza, e noi non dobbiamo, almeno per ora, che esplorare quelli dell'osservazione. Osserviamo dunque il carbon fossile nelle sue molteplici applicazioni. Eccovene varii pezzi; guardateli: non sono tutti eguali ad un modo: anzi differiscono fra loro in grossezza e in lunghezza: ma per poco che gli esaminiamo, ci accorgiamo subito che essi sono frammenti di rami o di tronchi d'albero. Se tocchiamo il carbon fossile, ci accorgiamo che è untuoso: infatti esso contiene una sostanza oliosa, che somiglia al bitume. Rovesciamo una parte di questo carbone nel cammino di ferro fuso, che è nell'atrio della scuola e accendiamolo: ma prima di tutto mettiamogli sotto qualche pezzettino di legno, poichè il carbon fossile, se brucia bene, stenta un poco ad accendersi. Benissimo. Ecco il nostro fuoco che scoppietta e s'accende. Attenti a quella fiammolina turchiniccia che si sprigiona dal carbone: par che lo voglia divorare, ma non può inalzarsi come le nostre belle fiammate di fuoco di legna. Che fumo nero denso e fetido! È ardente come una fornace: il calore si sparge per la stanza e ci toglie quasi il respiro. Spicciamoci ad aprir la finestra affinchè l'aria esterna purifichi quella viziata dalle esalazioni del gaz carbonico. Come! anche il carbon fossile contiene questo gaz? Certo, poichè è anch'esso un carbone.

Ecco che la fiamma diminuisce a poco a poco: il fuoco diventa smorto e rapidamente si spegne.

Lo sapete a che serve la parte più infiammabile, ossia più *combustibile* del carbon fossile?—Al *gaz*. Al *gaz*, che serve a illuminare le strade?—Sì. Il carbon fossile contiene ancora altre cose, alle quali non pensate in questo momento, ma che per altro conoscete assai bene.

Per esempio la *benzina* colla quale si levano le macchie e si puliscono i guanti, è estratta dal carbone minerale: e lo stesso può dirsi di quel prezioso acido fenico sì efficace per le punture delle api, delle vespe, per i morsi delle vipere e de' cani arrabbiati.

Potrei durare ancora un pezzo a parlarvi dell'utilità del carbon fossile, ma credo che quanto vi ho detto debba, per ora, bastarvi. Non vi pare che questa sostanza nera, nascosta, per tanto tempo ignorata dagli uomini, possa, sotto certi rapporti, venir rassomigliata a taluna di quelle persone modeste e buone, che operano il bene per amore del bene, cioè senza ciarle e senza schiamazzi?

Le porte e le finestre della nostra casa.

Il nostro corpo è la casa di cui noi siamo gl'inquilini: e le porte e le finestre non sono altro che i nostri cinque sensi, per mezzo dei quali comunichiamo col mondo esteriore: i nostri cinque sensi, lo sapete bene, sono la vista, l'udito, l'odorato, il gusto e il tatto.

Se l'uomo non possedesse i sensi, starebbe rinchiuso dentro al suo corpo, come un prigioniero dentro una torre senza aperture: non vedrebbe, non udirebbe nulla: triste esistenza invero! Tanto varrebbe morire!

Ma fortunatamente la nostra prigione ha delle aperture per mezzo delle quali l'uomo può vedere, udire, e uscire, per così dire, di sè stesso: e volendo esser giusti, il corpo, meglio che prigione, potrebbe assomigliarsi ad una piacevole abitazione. Queste aperture (seguitiamo a servirci della stessa immagine) sono gli occhi, gli orecchi, il naso, la lingua e la pelle. Questi organi, dotati d'una speciale sensibilità, sono costrutti in modo da poter adempiere all'ufficio pel quale sono stati destinati, e per mezzo di essi, noi possiamo comunicare col mondo esteriore, appunto come il prigioniero dalle finestre della sua prigione.

La vista e l'udito vogliono esser lodati pei primi, come quelli che ci arrecano maggiori e più importanti servigi: la vista, col solo mezzo dello sguardo, ci permette di studiar la natura, le opere dell'uomo, con tutti i loro colori, le loro forme, dimensioni e distanze: ci permette di esaminare la fisonomia piacevole o antipatica delle persone che avviciniamo. L'udito ci schiude un mondo invisibile di suoni, di rumori, di musiche, di venti, di tuoni: ci fa conoscere i gridi degli animali e la voce dei nostri simili.

I sensi dell'odorato, del gusto e del tatto ci fanno conoscere gli odori, i sapori e il contatto degli oggetti: ma solamente quando queste cose sono in rapporto immediato cogli organi dei nostri sensi, cioè coll'interno del naso, coll'interno della bocca e colla pelle: cioè quando questi odori, sapori e contatti sono già alla portata di nuocerci.

È vero che il senso dell'odorato ci avverte un po' più da lontano. Gli odori di cui è impregnata l'aria ci fanno conoscere quali fiori soavi e delicati, o quali ammassi d'immondizie si trovano vicino a noi: ma solo *vicino* a noi, a qualche centinaio di metri tutt'al più; e notate bene che l'odorato ci avverte quando gli odori buoni o cattivi sono già entrati nelle nostre narici: Eccovene una prova: questa è una boccettina piena d'un liquido incolore: annusatela.... Ma voi la respingete in fretta e furia: perchè? Perchè contiene una sostanza, il cui odore, penetrando nelle vostre narici, vi ha prodotto una sensazione dolorosa. E certe sostanze respirate in tal modo, come per esempio il cloroformio, producono vertigini, svenimenti, insensibilità e perfino la morte. Lo stesso avviene dei sapori, i quali non possono venire apprezzati che allorquando sono in contatto colle delicate muccose del palato e della lingua: cioè quando sono già in grado di ucciderci per mezzo dell'avvelenamento. Una goccia d'acido prussico versata sulla lingua d'un gatto lo uccide immediatamente.

In quanto al senso del tatto, basta esserci bruciati un dito una sola volta per capire che le cose non si toccano a distanza.

I sensi dell'odorato, del gusto e del tatto potrebbero paragonarsi a quei canini da salotto, i quali ringhiano e brontolano quando i visitatori sono già entrati in casa: mentre che i sensi della vista e dell'udito ci avvertono in tempo, simili a quei vigili cani di fattoria, che abbaiano furiosamente, fino a che i padroni non si sono messi sulle difese.

Il senso della vista è certo il primo agente della nostra istruzione: è esso che provoca e sveglia le nostre idee, che esercita le nostre facoltà di paragone, che influisce sulla natura dei nostri sentimenti e determina fino a un certo punto lo sviluppo del nostro spirito e del nostro carattere.

Chi non conosce il potere dell'esempio? In generale i fanciulli fanno quello che vedono fare: ecco perchè essi non dovrebbero guardare che le cose belle e buone.

E chi non riconosce l'influenza che la vista di certi spettacoli produce su noi?

L'aspetto di ridenti campagne, piene di sole e d'ombra: le ardue montagne azzurre, che sfidano le nubi e si confondono col cielo, tutto ciò dispone il nostro spirito a serene fantasie e lo inalza al disopra delle miserie umane.

E pensare che il più gran numero dei nostri simili abita in luoghi infetti, bui, insalubri: in vere cloache di sudiciume! Io le vedo quelle strade nere, buie, ottuse, dove le case trasudano una sordida e perenne umidità, dove i tetti si baciano, dove il sole non entra mai che furtivo, quasi direi vergognoso: io vedo i granai, le cantine, i muri scortecciati, i mobili sudici, gli usci fracassati, le porte corrose dalla pioggia e dal fango! Tristi nidi, dei quali non vorrebbero certo sapere i lupi che dormono tra il verde dei boschi ed hanno per padiglione il cielo azzurro!

E l'udito? Supponiamo che l'uomo ne sia privo! Addio, graziosi effetti dell'eco: addio sublimi musiche dei grandi maestri! Addio, canti melodiosi dei grandi artisti! Il mondo dei suoni è morto. Voi non udrete più lo stormire misterioso delle frondi, il placido mormorìo del ruscello, il tremendo fracasso dell'oceano in tempesta: quante minaccie abbia il tuono, quante promesse l'ondulazione delle grosse spighe di grano che si soffregano tra loro, voi non lo saprete più. I gemiti del violino, il rullìo de' tamburi, il fragore delle trombe, il canto degli uccelli; la voce dei quadrupedi, il ronzìo degl'insetti, tutto tace! Tutto è morto per voi: la natura vi nega le sue armonie: Essa è sepolta, per voi, in un eterno silenzio.

Tutto questo vi farà comprendere qual grave perdita sarebbe per noi quella dell'udito! Il viaggiatore che di notte tempo percorre la lunga sua via, canta: non già pel gusto di cantare, ma per udire *una voce*!

L'urlo d'una bestia feroce, il fischio d'un serpente, lo stormire delle fronde, bastano per avvertirlo dell'imminenza d'un pericolo: ma guai se egli non udisse quell'urlo, quel fischio e quello stormire.

Fra tutti i suoni che il nostro udito può afferrare, il più simpatico, il più lieto, il più eloquente, il più melodioso è quello della *voce umana*: e dico della voce *umana*, poichè anche gli animali hanno la loro voce e sanno benissimo che il senso dell'udito è posseduto dall'uomo. Essi, infatti, modulano la loro voce per accarezzarlo, minacciarlo, implorarlo a seconda dei casi. Il cavallo, all'approssimarsi del padrone nitrisce di gioia: il leone del serraglio ruggisce quando qualche ragazzo imprudente sfrega con la mazza il suo gabbione di ferro: il cane si lamenta quando il padrone lo lascia solo in casa e il passerotto fischia all'avvicinarsi della mamma, che gli porta il cibo. Noi certo non possiamo penetrare nei particolari di ciò che si dicono gli animali cantando, ruggendo, abbaiando: non possiamo capirli perchè *non siamo simili a loro*: e perchè le inflessioni, le modulazioni, le sfumature della loro voce non sono tali da potere essere afferrate chiaramente dal nostro udito.

E neppur gli animali posson capire le finezze del nostro linguaggio. Credete che il vostro canarino si accorga di quando gli parlate in prosa o in versi? V'immaginate forse che il bove capisca il linguaggio del padrone, quando questi lo vende al macellaro?

Qual differenza, invece, allorchè l'uomo indirizza la parola agli esseri della sua specie! Una parola, un semplice monosillabo bastano per farci intendere!

Lo volete sapere, fanciulli, perchè l'udito e la parola dell'uomo sono stati organizzati da Dio con una perfezione incomparabile?

Eccovelo il perchè:

Perchè la parola dell'uomo è fatta per pronunziare la verità; e il suo udito per ascoltarla.

La verità è l'affermazione della giustizia, dell'onestà, della bontà, della virtù e del dovere. Guai a chi mentisce, a chi schernisce, a chi calunnia! Guai a chi presta orecchio, senza protestare, alla vile maldicenza!

Guai a chi non sa valersi degnamente dei doni di Dio o, peggio ancora, li fa strumenti di passioni malvagio.

Preghiamo, fanciulli, affinchè il Signore ci preservi dalla vergogna di profanare la parola e l'udito!

Commiato.

Siamo giunti all'ultima pagina del libriccino, la cui lettura oltre al non aver forse avvantaggiato di molto la vostra educazione intellettuale, vi sarà stata certo cagione di qualche sospiro precoce, di qualche pensiero non lieto. Perdonatemi. Perdonate a questa vostra amica, che non sa risolversi a usare con voi le blandizie giocose con le quali si addestrano dai saltimbanchi e bertuccio e orsacchiotti. A voi, creature intelligenti, destinate alla vita, ho voluto insegnare la vita: non quale ve la presentano i giornaletti della domenica e i libriccini moderni, ma qual è nella realtà.

Le lacrime che avrete visto brillare talvolta nelle pupille di vostra madre, gl'infelici che implorano dalla vostra carità un pezzo di pane che li sfami, un sorso d'acqua che li disseti: gl'infermi che popolano gli ospedali, i traviati onde rigurgitano le carceri, vi hanno detto, avanti di me, che la vita non è un giuoco.

Non la crediate neppure una sventura. È un viaggio al quale bisogna prepararsi per tempo. Che direste d'un incauto che, accingendosi alla traversata di oceani sconosciuti, non si provvedesse della bussola?

Ecco perchè con queste pagine ho cercato di prepararvi, più che all'esame, alla vita: ecco perchè parlandovi della terra, vi ho fatto intravedere il cielo.

Camminiamo sicuri e fiduciosi. Perseveriamo nell'amore del bene nè temiamo il dolore: noi lo incontreremo *certo* sulla nostra via: accogliamolo come un amico severo, la cui parola è fuoco che purifica, lavacro che monda, ala che solleva; e ricordiamoci che se il riso aggiunge uno stame alla trama della vita, la lacrima è la perla dove si riflettono i cieli.

Siamo Arrivati Alla Conclusione

Ti Ringraziamo Per Aver Scelto Questo Libretto !

Sei Rimasto Soddisfatto ? Allora Ti invitiamo a Lasciare

Un FeedBack Positivo a 5 Stelle !

Grazie Di Cuore :)

LEGAL

Additionally, the information in the following pages is intended only for informational purposes and should thus be thought of as universal. As befitting its nature, it is presented without assurance regarding its prolonged validity or interim quality. Trademarks that are mentioned are done without written consent and can in no way be considered an endorsement from the trademark holder.

DISCLAIMER

CPSIA information can be obtained
at www.ICGtesting.com
Printed in the USA
BVHW051142030621
608732BV00003B/487